导师寄语：创作的捷径就是走进生活，感知生活，提炼生活！

张东辉：著名词作家，国家一级编剧、导演，享受国务院特殊津贴专家，中国音乐文学学会常务理事。代表作《慈祥的母亲》《康巴汉子》《月光落地的声音》等数百首作品深受人民群众喜爱和传唱。

四川省音乐艺术发展促进会

木西同志：

衷心祝贺“汶川十年记忆•清风吹来”——木西精选歌词作品集出版。

四川省音乐艺术发展促进会对你执着追求音乐歌词创作，为藏羌音乐文化艺术的发展所作出的贡献深表敬意。

促进中华文化繁荣发展，实现文艺百花齐放，为人民群众创作更多更好的优秀音乐作品，努力实现伟大的中国梦，是我们共同的目标。愿你在今后的音乐艺术创作道路上创作出更多各族人民喜爱的好作品！

2018年1月18日

四川省音乐艺术发展促进会贺函

中国藏族音乐网

尊敬的木西老师：

诚挚祝贺“汶川十年记忆·清风吹来”——木西精选歌词作品集出版。

中国藏族音乐网对你执着追求音乐歌词创作，为基层地方文化艺术的发展，为藏羌文化艺术的繁荣所做出的贡献深表敬意。

您致力于音乐文学的创作让人钦佩，愿你在今后的音乐艺术创作道路上创作出更多更好，深受各族人民喜爱的好作品！

中国藏族音乐网

2018年 1月 13日

中国藏族音乐网贺函

木西和中国文联副主席丹增老师在一起

木西和国家一级作曲家卞留念老师合影

广州星河湾集团公益爱心团队赴汶川一小开展公益活动，木西与公益梦想导师、国际钢琴大师李云迪先生，星河湾集团执行总裁吴惠珍女士合影留念

木西和著名藏族歌唱家容中尔甲老师回故乡金川参加梨花节活动

著名词作家余启翔老师：在诗与词的交汇处，质朴而真诚的语言往往是带有神性的，弟弟一样的木西就是行走在那里的一缕清风。（余启翔老师创作许多脍炙人口作品，代表作《姑娘我爱你》《我的九寨》《雪山阿佳》等作品深受人们喜爱）

木西和长辈李仲友先生（成都金川商会会长）在一起

木西和音乐前辈们在一起（左旗起为扎西多杰、秋加措、木西、美朗多吉、张东辉、更嘎、亚东）

木西和音乐人老K、辰尘在探讨作品

小白、扎西尼玛、木西、文杰参加中国音乐金钟奖大赛

一直支持鼓励木西文化创作的表弟世强和孟三

木西和花儿姐妹（谭海燕、谭晓燕）、田新民老师在一起

木西和广东牧马人乐队一起演出

木西和茶祥子蒋维明老师、书法家王程老师在映秀

木西、田新民老师、谭海燕老师和战旗文工团老师们在录音棚

木西和广东音乐人一起演出

木西和音乐人黄天信、歌手认真在一起

木西和广东音乐人零峰作品集

羌族歌手尔玛阿依参加中央电视台星光大道比赛，演绎木西作品《美丽的背影》

参加木西作品演唱的歌手小伙伴

木西和花儿姐妹、田新民老师、林霞、田磊等歌手在录音棚

青海音乐人智王桑珠和青海籍歌手们录制木西作品公益歌曲《飞蛾回家》

映秀书法家王程老师题字“清风吹来”

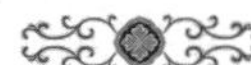

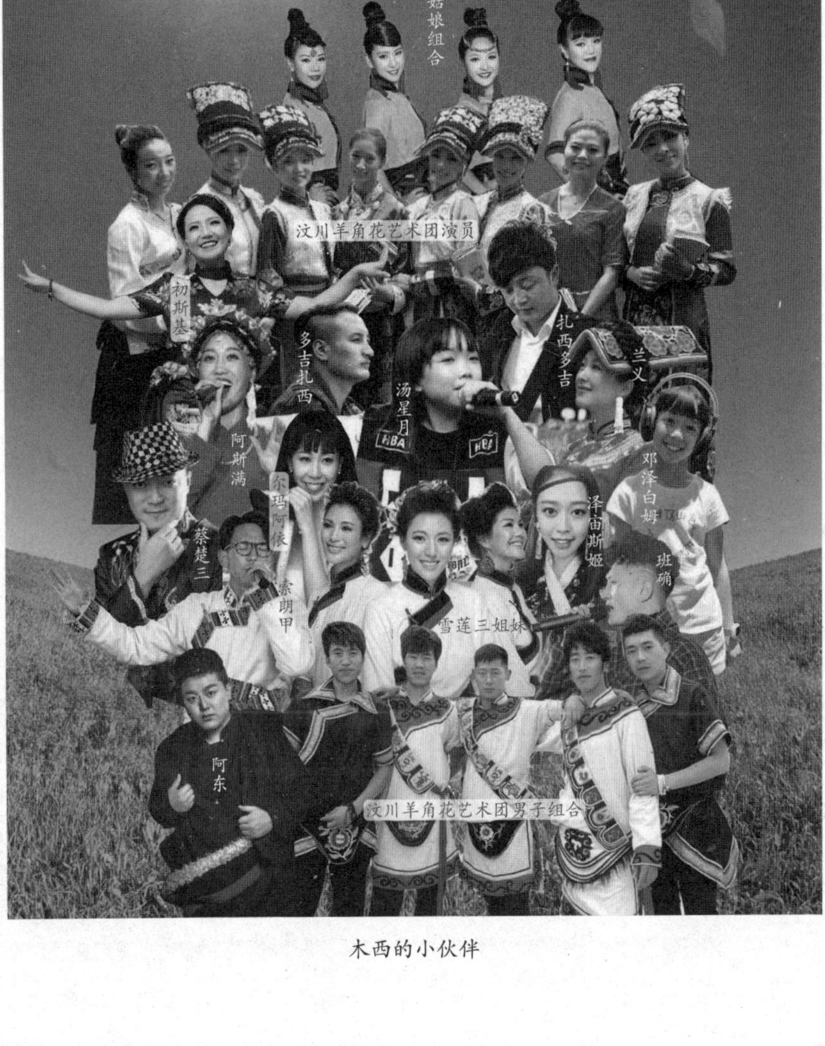
四姑娘组合
汶川羊角花艺术团演员
初斯基
多吉扎西
汤星月
扎西多吉
兰义
阿斯满
尔玛阿依
邓泽白姆
泽宙斯姬
蔡楚三
索朗甲
班硧
雪莲三姐妹
阿东
汶川羊角花艺术团男子组合

木西的小伙伴

清风吹来

——汶川县文明“四风”建设主题歌

1=♭E $\frac{2}{4}$

清新、自豪地

词：木 西

曲：谭海燕 谭晓燕

引子：（儿童诵读）我是汶川人，我爱我的家，身为汶川人，乐在汶川中。

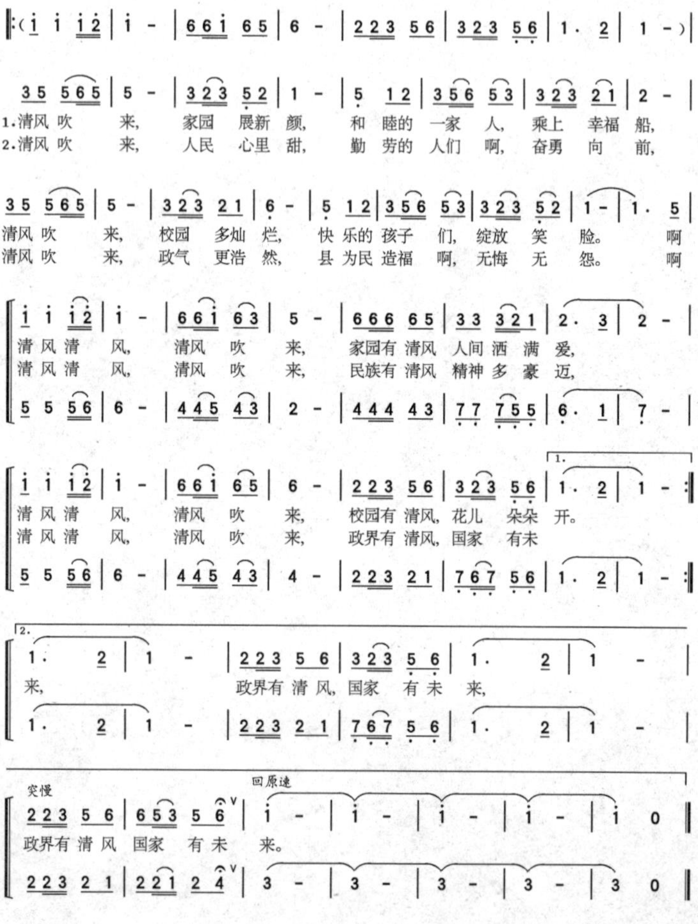

1.清风吹来，家园展新颜，和睦的一家人，乘上幸福船，
2.清风吹来，人民心里甜，勤劳的人们啊，奋勇向前，

清风吹来，校园多灿烂，快乐的孩子们，绽放笑脸。啊
清风吹来，政气更浩然，县为民造福啊，无悔无怨。啊

清风清风，清风吹来，家园有清风人间洒满爱，
清风清风，清风吹来，民族有清风精神多豪迈，

清风清风，清风吹来，校园有清风，花儿朵朵开。
清风清风，清风吹来，政界有清风，国家有未

来，政界有清风，国家有未来，

突慢 回原速

政界有清风国家有未来。

清风吹来

汶川十年记忆

木西 著

四川文艺出版社

图书在版编目（CIP）数据

清风吹来——汶川十年记忆 / 木西著. —成都：四川文艺出版社，2018.4（2023.1重印）

ISBN 978-7-5411-5085-2

Ⅰ. ①清… Ⅱ. ①木… Ⅲ. ①歌词集–中国–当代 Ⅳ. ①I227

中国版本图书馆CIP数据核字（2018）第068129号

QINGFENGCHUILAI

清风吹来

——汶川十年记忆

木西 著

责任编辑 朱 兰 蔡 曦
封面设计 叶 茂
内文设计 史小燕
责任校对 蓝 海

出版发行 四川文艺出版社（成都市锦江区三色路238号）
网 址 www.scwys.com
电 话 028-86361802（发行部） 028-86361781（编辑部）

排 版 四川胜翔数码印务设计有限公司
印 刷 三河市嵩川印刷有限公司
成品尺寸 146mm × 210mm 1/32
印 张 9.75 字 数 200千
版 次 2018年5月第一版 印 次 2023年1月第二次印刷
书 号 ISBN 978-7-5411-5085-2
定 价 58.00元

清風吹來

映秀书法家王程为作品集题字

名家寄语一

读少年词家木西

◇ 张东辉

木西是一翩翩少年，藏羌灵气逼人！夜读木西的词，想到了木西及词的本性，有感而发。

习词易，习词也难。在座同行，只能为词自行词事，泼出心血，让血管里响着马蹄的声音，让世界一亮：这才是中华民族的词人！

习词并非雕虫小技，而是雕虫大技！一幅小小的心灵图画的词，能胜过小说长卷！习词并非技巧而是心智，用情感打动人，用智慧感化人，用百姓与百姓的交流享受生活。为此要读心灵深处、天地良心的大书！我以为循着木西，词人们可以效法。

读史书（文化、诗词、历史）。

读经历（自己的、别人的、世界的）。

读心灵（自己的、别人的、世界的）。

读自然（独有的、特色的、共有的）。

读人生（自己与他人的、人文的与科学的）。

读诗韵（写词要有韵、有韵才有情、有情才有格）。

读观察（从中发现秘密、从中获得灵感、从中才能起兴）。

读民俗（不知民俗不知民族、不懂民族不懂风情、不解风情怎能写词）。

读特别（人说词要出新，要创意，要有彩，是理所当然的。但是，不知特别不知特色，不知特色不知特点，不知特点不知效果，不知效果不知信息。信息是特别、特色、特点、效果最重要、最能体现本质的东西或元素。信息是关键）。

读改词（心灵不能相通，心画不能复制，灵感不能重复，通感不能相加，词是自我的别人不能改的，仅可参考不能强加）。

读评奖（可学不可用，可比不可求，可惜不能追，标准就是标准不能按自己的标准，评审就是铁规不能照自己的评论，一次成与不成就是一次，不能是最后的终极）。

读老师（老师是心中的尊崇，一生的学习楷模。老师只是引路一程或凿开心灵泉眼的工匠，绝不是依样画葫芦或严格按此人生与事业的标准。才华横溢与人品道德，也许是老师应该完美的体现，但是要有辨识度）。

读成名（登上大雅之堂是学业学习、成家立业的梦想！成，有多少艰难辛酸；名，有多少背后伤痛。只有半夜醒来才能发现：踏实诚恳，做人做事才是本分。五年、十年、五十年、一百年能否有一句或几句，在后人心中嘴上流传……若有，就是成名的榜样）。

读自己（自己是什么，自己清楚；自己能干啥，自己了解。文人墨客都很清高，这是人性的这一面，难得糊涂，这是人性的另一面。两者才是自己的清高本质！心里要有净土，只有自己才能进入自己的香格里拉。习词行艺悠悠地来。为爱为情燃烧青春浪漫，生命活力是值得的！——这才是真正的自己）。

读寂寞（真正的艺术家，首先要把艺术当成自己的生命，让艺术流淌于血管之中，以艺术塑造灵魂，绝不是塑造金钱，自认是大师之类；真正的艺术家，应执意不懈探索、创新，超越自我，杜绝模仿、抄袭；真正的艺术家，不能把艺术当成饭自己吃，而是要想到，把艺术产品留给今人和后人享用。目前，艺术工作者一定要克服欲望，不要浮躁、急躁、暴躁，不要急功近利，一定要耐得贫穷，耐得艰难，耐得诱惑，耐得寂寞！梅花香自苦寒来，寂寞的艺术工作者一定人品、本领双丰收）。

读木西，也读自己。能否与词人共享?

二〇一八年迎春时节

把握时代脉搏　弘扬时代精神

——听新创作歌曲《清风吹来》有感

◇ 阿坝师范学院　袁文杰

袁文杰：阿坝师范学院音乐舞蹈学院钢琴教师、副教授、四川省音乐家协会会员、四川省钢琴学会会员，长期担任各种钢琴艺术赛事评委，在国内各类期刊中发表学术论文二十余篇。

【摘　要】《清风吹来》是由汶川青年词作家木西和曲作者谭海燕、谭晓燕老师共同创作完成的新音乐作品。

【关键词】清风吹来　木西　时代脉搏　时代精神

一、心有大爱的词作家——木西

木西是一位非常有才气的藏族青年词作家，他与我同在汶川工作，是十几年的好兄弟。2008年，我们亲历震惊世界的汶川大地震，当时我和他还有汶川的另一位文艺青年白川江，就在废墟里一同创作出歌曲《爱在汶川》，激励了大灾中的汶川人民，不屈不挠、众志成城。

从那时起，木西就一直没有停下创作的脚步；他有敏锐的眼光，善于发现、习惯记录。随时能捕捉身边发生的一切，将其变为自己的文字。他是一位细腻的词作家，惯于触景生情，能为阿坝州金川县美丽的云顶山写出《带你去云顶看花海》。他是一位具有民族情怀的词作家，用一首《羌城有梦等你来》，描绘了家乡的发展和羌族人民生活的变化。他是一位充满正能量的词作家，能将大爱播撒，为2015年尼泊尔地震泪写《穿越喜马拉雅的爱》。木西还善于总结和积累，他已经出版了两本个人诗集——《我从汶川来》和《映秀花开》。这所有用心写出的文字，赢得了老百姓的喜爱和社会各界的好评。

二、激情与冷静并存的好作品——《清风吹来》

木西有个微信公众号，他随时用自己的文字，传递满满的正能量。他也上传自己作词的音乐作品，与大家分享。那天点开他的微信，木西又分享了一首新作品《清风吹来》，看着曲名，我以为是一首小众歌曲，不经意地点开听一听，然而当作品唱完第一段，它就直接吹透了我的心，这并不是我所想象的清风，而是一首旋律动人、歌词质朴、让人愉悦、促和谐、扬正气、存大爱的好作品。我立即与木西通了电话，祝贺他又创作出这样催人奋进的好作品，并见面交流了许多关于这个作品的创作细节。

木西说道，作为灾后重生的汶川人，我们都有一颗感恩的心，三年的重建让世界看到了美丽新汶川依然挺立。八年过去，我们一直以饱满的热情投入在各自的工作岗位上，做好每一天，活得更精彩。作为爱好写作的汶川人，见证汶川变化，讴歌汶川精神，自然是笔下发自内心的感慨和激情。木西说，《清风吹来》这首作品的创作灵感可以用两个词来概括，一是“激情”，二是“冷静”。谈到“激情”，是因为地震八年后的汶川早已走出了灾难的阴霾，我们的生活蒸蒸日上，对于汶川本土的艺术创作来说，应该把握时代脉搏，做有生命力的艺术作品。如果我们还停留在大灾大难的诉说中，是不符合如今幸福汶川人的精神需求，更不能向世界展示美丽新汶川的精神面貌的。《清风吹来》是源于汶川县正在如火如荼开展的文明“四风”建设，“家风、校风、民风、政风”这四个方面展现着当下全体汶川人民，和谐奋进团结的积极精神面貌，所以艺术灵感在此点燃，木西迸发了激情，产生了想用文字重彩这缕清风的强烈愿望。“冷静”是激情过后应有的冷静思考，思考反映这一现象应采用的艺术表现手法，思考如何收集素材、如何选准艺术剖析的角度等等，都是一步步冷静的思想碰撞创作过程。所以在把握了时代脉搏，扎根于老百姓的所思所想，迸发的激情，立即转化为冷静的创作。不到三周时间《清风吹来》便以音乐的方式，承载这美妙的清风，唱响了整个汶川，相信它能吹过寒冬，吹遍祖国大地，并激励全国人民。

《清风吹来》的歌词共有两段，其结构清晰，内容丰富，逻辑推动性强。第一段歌词写道：“（主歌）清风吹来家园展新颜，和睦的一家人乘上幸福船。清风吹来校园多灿烂，快乐的孩子们绽放笑脸。（副歌）啊……清风清风清风吹来，家园有清风人间洒满爱。清风清风清风吹来，校园有清风花儿朵朵开。”第二段：“（主歌）清风吹来人民心里甜，勤劳的人们啊奋勇向前。清风吹来政气更浩然，县为民造福啊无悔无怨。（副歌）啊……清风清风清风吹来，民族有清风精神多豪迈。清风、清风、清风吹来，政界有清风，国家有未来。”从歌词的句法结构来看，我们不难发现，木西采用了同头异尾的写作手法。每句歌词都用“清风吹来”作为开头，这种频繁的出现，即增加了听觉印象，又体现了“清风”在这个作品中的主体地位。异尾分别提到了“家庭、学校、群众、党政”四个不同集体，而这四者正是“家风、校风、民风、政风”的具体体现者。在社 让清风关系紧密、相辅相成，构成了当代社会群 清风吹来》推出体。木西采用这样的结构安排，是为了 在中国文联十大、关系面，以此来代表全体中华儿女。这样的文 记提到他严谨的逻辑思维和细致的思考方式。木西还用简短精练的语言，分别展示了四个集体斗志昂扬的精神面貌、幸福和谐的积极状态，提出清风吹遍祖国大地，国家未来将繁荣昌盛。

《清风吹来》的旋律创作，是由汶川本土资深音乐人谭海燕、谭晓燕（花儿姐妹）两姐妹共同完成。谭海燕是我的小学音乐老师，谭晓燕是我幼儿园的班主任，两位都是我的音乐启蒙老师。两个好姐妹从事艺术教育工作三十余年，一直扎根于汶川研究羌族音乐，创作过《云朵上的娃娃》《羊角花儿云里开》等大量备受老百姓喜爱的优秀作品。在创作《清风吹来》时，她们对音乐定位于何种基调做了多次的讨论与尝试。选用正统庄重的美声曲风？选用奋进的进行曲风格？加入带有羌族音乐元素的韵律？一次次地尝试，一次次地否定。最终她们紧扣歌词，抓住“清风”这个主题，把握清爽纯净、积极向上的基调，将音乐定格于清晰、甜美、略带轻快的通俗歌曲的音乐风格，一下就完成了旋律的创作。音乐的结构与歌词结构紧密结合，以通俗歌曲常用的主歌和副歌两部分组成。音乐的旋律性格鲜明，线条清晰、朗朗上口，同样采用与歌词呼应的同头异尾创作手法，使音乐形象突出又具有发展推动性。旋律不追求高难度的演唱技巧，也不拘谨、不小气，易于大众的学习与传唱，最终给旋律的创作画上了圆满的句号。

三、[illegible]风吹过汶川 吹遍祖国大地

《清[illegible]不到一个月的时间，恰逢11月30日习近平总书记在[illegible]中国作协九大开幕式上发表了重要讲话。总书[illegible]党的十八大以来，广大文艺工作者积极投身实现“两个一百年”奋斗目标、实现中华民族伟大复兴中国梦的火热实践，倾情服务人民，倾心创作精品，热情讴歌全国各族人民追梦圆梦的顽强奋斗精神，弘扬崇高理想和英雄气概，奏响了时代之声、爱国之声、人民之声。并强调我们要大力弘扬以爱国主义为核心的民族精神和以改革创新为核心的时代精神，大力弘扬中华优秀传统文化，大力发展社会主义先进文化，不断增强全党全国各族人民的精神力量。这次讲话内容与2014年习总书记在文艺工作座谈会的讲话一脉相承。这是国家更加重视文艺工作的又一次强大信号，是文艺工作对社会主义建设所发挥积极作用的充分肯定，更是国家对文艺工作需在社会主义“两个一百年”建设发挥更大作用的殷切期望，所以倡导文艺工作者要把握时代脉搏，高举时代旗帜；多出优秀的、正能量的艺术作品。

《清风吹来》就是在这样一个积极的大环境下诞生的作品，它是众多优秀文艺作品中一颗闪亮的小点，正逐渐散发着自己的光芒，显现出它应有的艺术价值和社会价值。

木西说道，因为一个家庭有了和谐的家风，家人更加幸福美满；一座校园有了和谐的校风，社会更加尊师重教，学生更会快乐成长；一方百姓有了和谐的民风，这个民族更加团结互助；一

届政府有了和谐的政风，民众更加拥护，社会更加和谐。如果这样的清风吹遍祖国大地，相信沐浴在清风中的中华民族一定会实现伟大的中国梦……

注：该篇评论发表于《通俗歌曲》杂志2017年第一期。

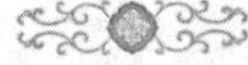

目 录

~汶川爱~

~故乡情~

~高原红~

~感恩心~

~金色梦~

~春风吹~

~山河美~

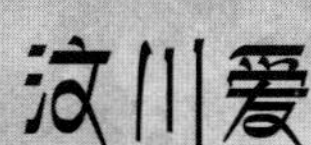

在汶川的岁月

让我懂得了

活着，就是幸福

——木西

映秀花开了

一个阳光的午后
我走在爱立方的路口
看见了幸运草在微笑点头
告诉我快乐就是手牵手

许多远方的朋友
千里迢迢来到了映秀
看见了百合花在微笑点头
感受这爱的幸福
温暖依旧

映秀花开了
歌儿响起了
人间大爱的地方
洒满真情和阳光

映秀花开了
鸟儿飞来了
山清水秀的地方
充满生机和希望

噢　映秀花开了

……

汶川妈妈

你说你的美丽已经不在
地动山摇将你变得苍白
流泪那些日子的伤口还在
你曾让我远走不要回来

也许你的容颜悲伤无奈
可我依然还是你的小孩
我要依着你的怀抱说
故乡妈妈　我的最爱

千万颗爱心在汇聚力量
人间大爱在为你疗伤
南海西羌血脉相连
共筑我们美丽的新家园

汶川妈妈　故乡妈妈
让我再亲吻你的脸庞
汶川妈妈　故乡妈妈
我又见你的美丽

（女声伴唱）

又见你的美丽

你的容颜依旧那样清晰

又见你的美丽

眼眶被泪水迷离

又见你的美丽

永远不分离

又见你的美丽

相亲相爱生生不息……

祝福新汶川

天边的那颗星是我们的记忆
山顶的那片云有我们的足迹
在一起有过眼泪也有欢声笑语
我和你就像鱼和水我们的老百姓

是你那火热的心让我们更自信
是你那真诚的情让我们更坚定
风雨中走过艰难留下美丽
我的父老乡亲心和心不分离

呀啦嗦噢难忘的记忆
呀啦嗦噢汶川更美丽
说一声扎西德勒
祝愿亲人们吉祥如意

西呀拉萨最美的回忆
西呀拉萨明天再相聚
说一声纳吉纳禄
祝福新汶川和谐美丽

祝福新汶川和谐美丽

……

爱在汶川

汶川的美丽
永远的记忆
手牵手啊我的姐妹我的兄弟

不要再哭泣
不要说放弃
共命运啊我们永远生死不离

一次次回首遥望
告别破碎的家乡
一次次热泪盈眶
忍痛远走去他乡

一次次抬头仰望
看见希望的阳光
一次次走进梦想
大爱真情在飞翔

废墟下的生命
总会诞生奇迹
因为多少颗心一直努力

昨天已经过去
明天还会继续
我们生活依然充满勇气

一次次回首遥望
告别破碎的家乡
一次次热泪盈眶
忍痛远走去他乡

一次次抬头仰望
看见希望的阳光
一次次走进梦想
大爱真情在飞翔

生命不再彷徨
真爱缓缓流淌
无法阻挡我的感情我的希望
汶川的美丽，永远的记忆
手牵手啊我的姐妹我的兄弟

在汶川和你相见

有一朵白云飘在心里面
让我的天空不再孤单
是你是你在美丽的汶川
为我祝愿让梦实现

有一缕阳光温暖我心田
让我的笑容花儿样灿烂
是你是你在美丽的汶川
深深思念把我呼唤

在汶川和你相见
我等了多少天
斗转星移沧海桑田
你藏在我心间

在汶川和你相见
我盼了多少年
春去春回花开花落
我来到你身边

春去春回花开花落

我来到你身边

……

美丽汶川欢迎你

这是一片新的蓝天
写满了生命的奇迹
这是流淌大爱的土地
焕发无限生机

如果你要寻找大禹
请到汶川去
岷江边大禹故里
传说许多神奇

如果你要走进梦里
请到汶川去
梦幻中童话三江
风光依然美丽

如果你要享受甜蜜
请到汶川去
寿溪湖古镇羌城
散发浪漫魅力

如果你要沐浴阳光
请到汶川去
云朵上羌寨姑娘
笑容多彩绚丽

美丽汶川欢迎你
绽放笑脸欢迎你
走进幸福新家园
感受诗情画意

美丽汶川欢迎你
张开怀抱欢迎你
相亲相爱在一起
手牵手传递爱的传奇

手牵手传递爱的传奇

汶川美

有一片天空白云托着蔚蓝
天空下的寨楼紧紧相连
寨楼里的人们勤劳勇敢
古羌的子孙在这里生息繁衍

有一片大地希望孕育生机
大地上的村庄紧紧相依
村庄里的人们奋斗不息
大禹的精神在这里世代沿袭

啊中国美汶川美
一个又一个奇迹耐人寻味
这是一种感动你我
震撼之美

啊中国美汶川美
一颗又一颗樱桃让人回味
这是一种感恩你我
心灵之美

啊中国美汶川美

汶川美……

威州阳光

蓝蓝的天
高高的山
美丽的羌家姑娘
绽放迷人的笑颜

长长的河
悠悠的歌
古老的尔玛部落
留下动人的传说

羌山上的花花
开得多美啊
威州的阳光
洒遍山岗点燃梦想

云朵上的歌谣
唱得多美妙
威州的阳光
照耀羌山幸福荡漾

威州的阳光

照耀羌山幸福荡漾

……

我在汶川等你

羌语：咿啦咿啦嘚麦哒，啊哟撒呀嘚麦哒
咿啦咿啦嘚麦哒，啊哟撒呀嘚麦哒
麦哒麦哒啊，嘛哟撒呀嘚麦哒……

一朵白云漂泊了很久
停靠在千年古羌的山头
从此不再向往远走
只愿在此静静等候

哦一滴泪珠
流浪了很久很久
栖息在爱人温暖的胸口
哦前世约定今生今世相守
花开花落几度春秋

哦亲爱的亲爱的人啊
你快快来吧
我在汶川等你
等你来看花

哦远方的远方的朋友
你快快来吧
我在汶川等你
等你快回家

等你快回家

咿啦咿啦嘚麦哒，啊哟撒呀嘚麦哒
咿啦咿啦嘚麦哒，啊哟撒呀嘚麦哒
麦哒麦哒啊，嘛哟撒呀嘚麦哒

樱桃红了五月天

暖暖的山风送来了花香
花丛中走来美丽的姑娘
大大的眼睛啊甜甜的笑容
唱起那歌儿啊心里乐融融

红红的樱桃就像红太阳
红红的日子心里暖洋洋
远方的朋友啊亲爱的朋友
我们把友谊酿成樱桃美酒

樱桃红了五月天
山山水水笑开颜
你看那姑娘红红的脸
醉了春风醉了山川

樱桃红了五月天
姑娘小伙手相牵
就像那风筝长长的线
不离不弃相伴到天边

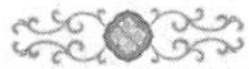

就像那风筝长长的线
不离不弃相伴到天边

不离不弃相伴到天边
到天边……

我从汶川来

我曾经蹚过一条长长的河
去寻找一首深情动人的歌
歌声中有你歌声中也有我
歌唱我们幸福美好的生活

我曾经翻过一座高高的山
去看山外世界不一样的天
山外又是山天外还有天
走到哪里都忘不了
心中的汶川

我从汶川来
用感恩来传递爱
汶川的天很蓝
汶川的云很白
汶川的美丽飘在了天之外

我从汶川来
用微笑来邀请你
汶川的姑娘美
汶川的小伙帅

汶川的美丽

落在了我心怀

……

请到大禹故里来

蓝蓝的天空下
长长的岷江边
山清水秀有一方
美丽的世外桃源

青青的羌山下
高高的碉楼旁
瓜果飘香好地方
就是那大禹故里
就是那大禹故里哟

哎……哎……
熊熊的篝火燃起来哟
由门儿由门儿嘞
由由门儿舍
激情的锅庄跳起来哟
由门儿由门儿嘞
由由门儿舍

远方的朋友们那
请你快快来哟

请到大禹故里来
我们生活乐开怀哟

醇香的咂酒端起来
由门儿由门儿嘞
由由门儿舍
豪情从山歌中醉出来哟
由门儿由门儿嘞
由由门儿舍

远方的朋友们那
请你快快来哟
请到大禹故里来
我们生活乐开怀哟
请到大禹故里来
我们生活乐开怀哟
我们生活乐开怀哟
由门儿舍舍舍……

映秀小姑娘

蓝天下有一个美丽的家园
青山环抱绿水环绕
鸟儿在歌唱花儿在欢笑
还有香香的豆腐干
好呀好味道

小镇上有一位快乐的姑娘
心地善良美丽大方
唱歌给太阳唱歌给月亮
她有许多心里话儿
唱呀唱家乡

映秀小姑娘好呀好姑娘
好好学习天天向上
传递人间大爱之情
要让世界幸福荡漾

映秀小姑娘好呀好姑娘
不怕困难勇敢坚强
常怀一颗感恩之心
要把未来梦想照亮

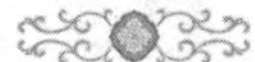

常怀一颗感恩之心

要把未来梦想照亮

……

家　园

一朵朵白云
一座座青山
一条长长的岷江
流过我的家乡

红红的樱桃
红红的笑脸
一颗滚烫的心啊
感恩在天地间

汶川家园
家园汶川
我们用勤劳和智慧
播种美好的希望
汶川家园
家园汶川
我们用热情和笑脸
拥抱灿烂的明天……

2015.4.25

东莞大爱映秀情

那一天乌云遮住我双眼
看不见太阳看不见蓝天
黑暗中我听见
听见东莞亲人在呼唤
看如今映秀天蓝水清
花儿已开放鸟儿在歌唱
阳光下我感受
感受人间大爱心连心

东莞大爱映秀情
爱无言
情无价
东莞映秀是一家

东莞大爱映秀情
山很高
路遥远
东莞亲人在身边
东莞亲人在身边
……

野花花

引子：中国汶川野花花

……

不怕风吹不怕雨打
我们在人间自由长大
历经苦痛历经挣扎
漫山遍野开满了花

走过春秋走过冬夏
我们有青春的好年华
黑色眼睛黑色头发
华夏儿女亲如一家

西呀呀啦沙沙
我们是汶川的野花花

我们是汶川的野花花
心里有许多想说的话
感谢天感谢地
感谢善良的人们啊

我是汶川的野花花
心里有许多祝福的话
祝福你祝福他
祝福中国美丽的家

祝福你祝福他
祝福中国美丽的家

中国中国
美丽的家
野花花
……

汶川跑起来

——健康汶川主题歌

清晨的阳光洒满大地
清新的空气自由呼吸
漫山的野花随风摇摆呀
汶川的天地是我们的舞台呀
我们的舞台呀

汶川跑起来
跑呀跑呀跑起来呀
摆动双臂跑起来呀
拥抱健康快乐嘿
人生的精彩呀
人生的精彩呀

R&B
汶川跑起来跑呀跑起来
摆动双臂跑起来呀
跑呀跑呀跑起来
汶川跑起来跑呀跑起来
迈开大步跑起来
跑呀跑呀跑起来

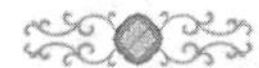

一路的欢歌乐呀开怀
轻快的脚步踏出节拍
激情的锅庄醉了梦想呀
汶川的健儿们运动数第一呀
运动数第一呀

汶川跑起来
跑呀跑呀跑起来呀
迈开大步跑起来呀
跑出各族儿女嘿
美好的未来呀
美好的未来呀

为您护航

——汶川政法系统法治文化宣传主题歌

引子：全体汶川政法人铿锵有力的口号：

我们是汶川政法人，我们宣誓：

对党忠诚、服务人民、执法公正、纪律严明，为您护航！

（1）

我们时刻准备着
听见命令就出发
守护汶川保平安
再苦再难也无怨

看见人民有笑脸
我们心里比蜜甜
看见人民有笑脸
我们心里比蜜甜

警徽闪闪亮
为您来护航

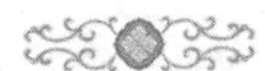    

守护阿坝南大门
甘洒热血永无悔

红旗在飘扬
正义放光芒
忠于祖国忠于党
汶川明天更辉煌
汶川明天更辉煌

（2）

我们牢记党的话
为民为公为国家
金色盾牌闪闪亮
心中誓言永不忘

无悔走上这条路
誓为人民服好务
无悔走上这条路
誓为人民服好务

警徽闪闪亮
为您来护航

守护阿坝南大门
甘洒热血永无悔

红旗在飘扬
正义放光芒
忠于祖国忠于党
汶川明天更辉煌
汶川明天更辉煌
汶川明天更辉煌
……

汶川十年

引子（童声）：
高高的山岗上
开满美丽的羊角花
那是阿妈心中最美的花
……

还记得十年前我来到了汶川
山河破碎亲人失散泪水也流干
是祖国母亲张开怀抱
把风雨中的孩子啊紧紧拥抱

匆匆而过十年间我又到了汶川
山清水秀家园重建笑脸多灿烂
是党的恩情温暖大地
让羌山上的羊角花绽放美丽

又见汶川白云蓝天
大地不再忧伤
山河流淌春光
又见汶川白云蓝天

放飞美丽的梦想
走进新家园

又见汶川一张张笑脸
山寨升起炊烟
小城锣鼓欢天
又见汶川一张张笑脸
勤劳勇敢的人民
走进新时代

纳吉纳鲁花儿纳吉……

创作简介：

2008年5月12日，一场历史罕见的地震灾难在汶川爆发，震惊世界，汶川也由一个名不见经传的小地方，因灾难而呈现在世界面前，如今十年时间匆匆而过，汶川涅槃重生，在废墟之上重新崛起。如今的新汶川是一个什么样的景象，汶川的人们是什么样的生活，全世界都想在地震十年这个历史性的节点得到答案。

作品通过音乐艺术的方式结合唯美画面，从视觉和听觉来传递十年之间汶川的变化和新汶川的美丽，引子采用汶川原生态山歌元素，由纯人声儿童来演唱，表现了生命力的强大和祖国对灾区的温暖关怀，这里的阿妈就是党和祖国。汶川十年告诉世界，汶川站起来了，汶川人民生活很幸福，汶川感恩世界，汶

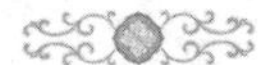

川欢迎各界亲人朋友到汶川来做客。

作品主歌部分采用两个结构来把十年前和十年后有机结合，让听者能够从思想情绪和情感上顺理成章地跟随旋律走，副歌犹如历史翻开崭新的一页，呈现一个幸福和谐、康养美丽的汶川，人们的笑脸，崭新的楼房，美丽的家园，传递着中国人民的坚强勇敢，积极向上的精神，其间点缀羌族原生态民歌，表达汶川人民感恩之心，最后结合当前中国走进新时代的大时代背景来收尾一气呵成，让作品的感染力和艺术价值表现得淋漓尽致。

《汶川十年》是见证中国力量和伟大抗震救灾精神的真实表现，是时代的印记，是特殊历史时期闪光的节点。

太阳照亮我家乡

——汶川县精准扶贫主题歌曲

引子：乡村雄鸡报晓的声音，鸟鸣的声音，狗吠，牛羊沸腾的声音……（营造一种和谐幸福的乡村场景）

太阳出来了啰照四方
照得老百姓哎暖洋洋

太阳出来了啰亮晃晃
照得老百姓哎喜洋洋

太阳就是大中国哎
为咱家乡送来希望啊

太阳就是共产党哎
为咱村庄种下梦想啊

你看那公路修到家门前啦
你看那甘泉引到家里来呀

满山的果树笑弯了腰啊
遍地的牛羊撒欢地跑呀

哎……太阳
哎……太阳
我们团结一心追逐梦想
我们迈开大步奔向小康

哎……太阳
哎……太阳
我们团结一心追逐梦想
我们迈开大步奔向小康

奔向小康……

清风吹来

——汶川县文明“四风”建设主题歌

前奏引子（女童声）：我是汶川人，我爱我的家，身为汶川人，乐在汶川中，身为汶川人，乐在汶川中……

清风吹来家园展新颜
和睦的一家人乘上幸福船

清风吹来校园多灿烂
快乐的孩子们绽放笑脸

啊……清风清风清风吹来
家园有清风人间洒满爱
啊……清风清风清风吹来
校园有清风花儿朵朵开

清风吹来人民心里甜
勤劳的人们啊奋勇向前

清风吹来政气更浩然
为民造福啊无悔无怨

啊……清风清风清风吹来
民族有清风精神多豪迈
啊……清风清风清风吹来
政界有清风国家有未来

政界有清风国家有未来
……

创作简介：

让春雨般的家风校风民风政风滋润汶川大地……当汶川县文明“四风”建设深入人心如火如荼之时，作为汶川人，作为汶川从事文艺创作的爱好者，也被这徐徐的清风所温暖，内心激荡着创作的灵感，想用一首寓教于乐的歌曲来让文明“四风”建设更加灵活地传遍四方……

我为汶川，汶川为我，身为汶川人，乐在汶川中，经过数月的走访，和老百姓交流采风，一首简单轻快的作品终于提炼出来，通过不断的打磨修改，如果能够顺利制作成功，相信这首《清风吹来》歌曲会让“四风”建设不仅滋润汶川大地，一定会吹得更远……

因为一个家庭有了和谐的家风，会让家人幸福美

满；一座校园有了和谐的校风，社会会更加尊师重教，学生会快乐成长；一方百姓有了和谐的民风，这个民族会更加的团结互助；一届政府有了和谐的政风，民众会更加拥护，社会会更加和谐。如果这样的清风吹遍祖国大地，相信沐浴在清风中的中华民族一定会实现伟大的中国梦……

——2016.11.16木西创作于汶川威州

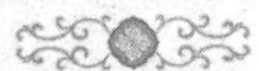

无忧城里无忧人

——汶川城市文化旅游歌曲

风儿轻轻地吹呀
云朵慢慢地飘呀
河水静静地流呀
花儿悄悄地开呀

篝火熊熊地燃烧
锅庄激情地欢跳
阳光灿烂地洒落
人们快乐地唱歌

这是一座无忧城
城里有一群无忧的人
他们尽情地唱歌啊
他们尽情地跳舞啊
天上的月亮笑弯了腰
满天的星星也撒欢地跑

这是一座无忧城
城里有一群无忧的人
他们吃着红红的果呀

他们喝着甘甜的水呀
天上的神仙也下了凡呀
远方的朋友来了也不想走呀

远方的朋友来了也不想走呀
吔哈哈……

不会忘记

每当甜樱桃红了的时候
我就会想起你甜甜的笑容
是你送来了真情和阳光
让我们看见希望在飞翔

每当羊角花盛开的时候
我就会想起你温暖的双手
是你抚平我心灵的伤口
约好十年后在汶川相逢

不会忘记啊不会忘记
不会忘记羌山上许下的心愿
不会忘记蓝天下美丽的羊角花

不会忘记啊不会忘记
不会忘记风雨中留下的美丽
不会忘记告诉你汶川感谢你

不会忘记告诉你汶川感谢你……

请到汶川来看山

你看过蔚蓝的大海
但你没有看过茫茫的云海
你看过最高的高山
但你没有看过连绵的群山
你去过遥远的天边
但你没有去过身边的汶川

朋友啊你说最近好心烦
工作太累压力太大事情忙不完
好想开车出去轻松地玩一玩
好想张开双手就能拥抱大自然

噢我的朋友啊亲爱的朋友
不用再摇头不用再忧愁
汶川的小伙伴在向你招手
放下心中的挂牵
请到汶川来看山

看那白云飘飘飘在山之巅
看那杜鹃花海多彩又灿烂

看那连绵的群山一山连一山

看那心中的烦恼跑到了天外天

汶川好安逸

汶川不大也不小
蓝天白云空气好
有山有水有美丽
好吃好耍好安逸

成都过来也不远
个把小时就到点
漫步来到岷江边
倒杯清茶喝半天
锅庄广场跳几圈
健康生活赛神仙

中国安逸四川安逸
汶川好安逸
熊猫家园阳光谷地
大禹出生地
古韵羌山烟雨三江
腊肉在飘香
丹青水磨天地映秀
美景看不够
中国安逸四川安逸

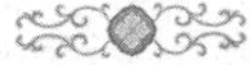

汶川好安逸
藏羌人民喝咂酒
熊猫咪咪在挥手
扯一片白云擦擦汗
捡一米阳光好灿烂

中国安逸四川安逸
汶川好安逸
水果一季一季
美食一波又一波
吃了车里子
又吃香杏子
吃了脆李子又吃甜枣子
吃得生态吃得健康
安逸响当当

中国安逸四川安逸
汶川好安逸
感谢祖国感谢党
大爱恩情永不忘
各族儿女心连心
编支歌来听一听
中国安逸四川安逸
汶川好安逸

汶川安逸汶川安逸
汶川好安逸

中国安逸四川安逸
汶川好安逸
日子美心气顺
生活越来越安逸

汶川安逸
汶川安逸
汶川好安逸

幸福时光

春天向我们轻轻走来
绿色的大地百花盛开
鸟儿在歌唱自由自在
幸福的时光欢乐开怀

人生的旅途无限美丽
走过了往昔遇见自己
伴随着夕阳沐浴晚霞
快乐的脚步走遍天涯

啊……幸福的时光
啊……金色的夕阳
快乐的脚步永远不停
我们的心儿永远年轻

啊……幸福的时光
啊……金色的夕阳
我们把欢乐汇成一条河
我们把岁月编成一首歌
……

康养汶川

引子（男女群和声）：

气势豪迈，激越奋进的气氛，啊……

一朵朵白云飘在蓝天
一座座青山环抱家园
一张张笑脸笑得多灿烂
吉祥如意的歌儿唱美汶川

红红的樱桃甜蜜了梦想
长长的岷江流向远方
帝王百合花吐露芬芳
吉祥如意的锅庄舞动汶川

吉祥如意康养汶川
你是我心中幸福的家园
美好的祝愿祝福你
汶川的明天幸福美丽

吉祥如意康养汶川
你是我心中最美的家园
洁白的哈达献给你

汶川的明天幸福美丽

洁白的哈达献给你
汶川的明天幸福美丽
……

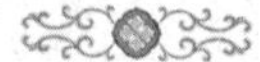    

故乡情

金川我的故乡
总是在我最脆弱的时候
给予无穷的力量
让我坚强

——木西

金川，金川

一天又一天一年又一年
离开家的孩子学会了思念
思念白云蓝天思念绿水青山
思念梨花丛中一张张笑脸

站在神仙包巅游走沙耳乡间
回到家的孩子泪滑出双眼
看那梨花开放看那山寨炊烟
看那父老乡亲苍老的容颜

金川我的故乡梨花又开放
彩蝶翩翩飞舞在花丛中
又回到故乡梨花又开放
陪伴阿爸阿妈坐在梨树下
……

带你去云顶看花海

如果这个世界有传说
传说中一定会有你也有我
我们放牧牛羊放牧生活
一起唱着祖先留下的歌

因为这个世界有奇缘
你突然出现在我的面前
你说给我一个美好未来
我说要带你去云顶看花海

带你去云顶看花海
在蓝天下说出我的爱
五颜六色的那些花
全都是我的心里话

带你去云顶看花海
让清风吹动你我的情怀
海誓山盟的那些话
就像漫山遍野的野花……

海誓山盟的那些话

就像漫山遍野的野花……

一片秋天的树叶

每一个人都有自己的故乡
藏在心里走向苍茫的远方
忧伤的时候向天空望一望
孤独的时候在梦里想一想

每一颗心都有小小的惆怅
走在路上思念可爱的家乡
快乐的事情给爸爸说一说
幸福的事情给妈妈讲一讲

一片秋天的树叶
挂在枝头上
那是离乡的游子
把故乡遥望

一片秋天的树叶
在风中飘荡
那是回家的游子
把故乡歌唱

那是回家的游子

把故乡歌唱

……

 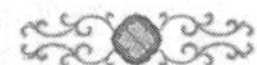   

故乡歌谣

每一次离家远走
总要转身回首
看见爸爸妈妈站在村口
目送远行的孩子
默默挥手

每一次思念故乡
总会热泪盈眶
唱起故乡的歌谣倾诉衷肠
祝福远方的亲人
平安吉祥

啊故乡
故乡的歌谣
你就是漂泊游子
心灵的依靠
啊故乡
故乡的歌谣
让游子风雨过后
绽放微笑

啊故乡
故乡的歌谣
你就是爸爸妈妈
温暖的怀抱

啊故乡
故乡的歌谣
让孩儿为了梦想
加油奔跑

让孩儿为了梦想
加油奔跑
……

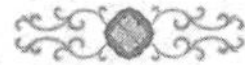

身在异乡心在故乡

一步又一步我们走出了山谷
走上了一条远离故乡的路
雪山的孩子勇敢把梦追逐
就像雄鹰一样去天空飞舞

一天又一天我们遥望那天边
望穿了遥远心中故乡的山
离家的孩子时刻把家想念
就像秋天树叶去拥抱大地

哎……（悠扬的山歌或是牧笛）

雪山的孩子高原的孩子
身在异乡心在故乡
在风雨的路上学会了坚强
祝福阿爸阿妈永远吉祥

草原的孩子蓝天的孩子
身在异乡心在故乡
在每一个夜晚会轻轻歌唱
歌声飘向远方飘向草原的牛羊

在每一个夜晚

会轻轻歌唱

歌声飘向远方

飘向草原的牛羊

……

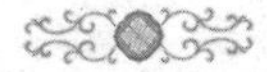    

阿妈就是佛

在我人生的路上每走一小步
都有阿妈在佛前千万次祈福
保佑高原的孩子平安吉祥
祈祷每一个亲人幸福安康

在我生命的旅途每一次痛苦
都有阿妈在耳畔轻声地安抚
鼓励雪山的雄鹰勇敢飞翔
追寻心中的梦想学会坚强

（过渡）阿妈啦阿妈啦……

阿妈就是佛
人间最美的佛
为了孩子的幸福
受尽一生的辛苦

阿妈就是佛
心中永远的佛
我要实现梦想和抱负
报答阿妈一生的付出

我要实现梦想和抱负
报答阿妈一生的付出
报答阿妈一生的付出

金川红

——金川文化旅游红叶节主题歌曲

蓝蓝的天空中飘来一片红
就像老阿妈慈祥的笑容
漂泊的游子心儿被牵动
梦中回到故乡泪在心里涌

长长的山谷里洒满万千红
那是我家乡秋天的笑容
远方的朋友情儿被打动
来到雪梨之乡看见最美的红

我爱金川红心中最美的红
走遍海角天涯故乡永远在心中
梦里金川红人间最美的红
这是金色山川献给世界的红

我爱金川红心中最美的红
走遍海角天涯故乡永远在心中
梦里金川红人间最美的红
这是金色山川献给世界的红
献给世界的红……

创作简介：

故乡金川的美丽犹如一位戴着面纱的女子，在如今人们向往自然原生美的时代，金川被四面八方的朋友所熟知，渐渐揭开了神秘的面纱，露出丽倾天下的神奇，纯净的金色阳光，宜人的江南气候，远古的传说神话，壮美的大渡河谷，热情好客的金川人民，多彩灿烂的树叶，规模宏大气势磅礴的红叶群，都让人流连忘返，为之沉醉。

一首简单易于传唱的歌曲《金川红》通过轻松快乐富有感情的旋律，简单易记情感饱满的歌词，将金川自然红叶美和传统的孝德文化美融于音乐中，让人不由自主跟随美妙的音乐，寄情于景去感受淳朴的金川民风，走进美丽的金川……

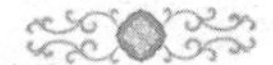
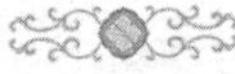

新江南

——金川文化旅游歌曲

山谷里吹来了一阵阵清风
吹醉了姑娘甜甜的笑容
吹开了雪梨花花香满天下
吹美了新江南山川美如画

云朵里传来了一阵阵歌声
唱美了山寨一座座村庄
村庄的人们啊酿好酥油茶
远方的朋友啊就像回了家

改编金川民歌：十二杯子酒
一呀杯子酒哟
敬呀郎君哟
姐呀问情郎几哟时生
生郎的生在元宵夜会哟
姐在的元宵闹呀花灯哟
……
新江南
我们的家……

金　川[1]

让我唱起歌儿的不止沙耳的酒
让我回味无穷的还有金川腊肉
流水还要流多久流到那万林沟
让我感到温暖的是阳光的自由

花开总是在三月回忆是对拱的酒
初春雪白的梨花亲吻着我额头
在那座阳光的小城里我一直在等你
金川想带走的不止梨
和我在沐林的桥头走一走噢哦
直到所有的梨花开放了也不停留
我会拕起我的锄头你会背起你的背篼
走到龙家山的地头挖上那个几背土豆

叶红总是在冬月回忆是淡淡乡愁
深秋火红的树叶亲吻着我额头
在那座阳光的小城里我一直等着你
金川想带走的不止梨
和我在金川的街头走一走噢哦

---

① 诗人木西巧改歌词，金川版《成都》唱红梨花节。

直到金中的喇叭响起了也不停留
你会继续请我喝酒我会牵起你的小手
走到滨江路的桥头坐在周豆花的门口

和我在金川的街头走一走噢哦
直到金中的喇叭响起了也不停留
你会继续请我喝酒我会牵起你的小手
走到滨江路的桥头坐在周豆花的门口
……

2017.3.23

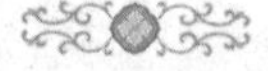    

金色的梦

——金川承运大酒店企业文化主题歌

一条弯弯的大河
流传许多古老的传说
古东女王从这里走过
留下一首唱不完的歌

一座高高的神山
飘动五彩吉祥的经幡
雪域江南啊如梦如幻
祝福朋友啊幸福平安

金色的阳光
金色的梦
南来北往的朋友
请喝一杯甘甜的美酒

金色的山川
金色的梦
五湖四海的朋友
我们的情谊天长地久

五湖四海的朋友

我们的情谊天长地久

……

我从云顶山上来

我是一个大山的孩子
大山给了我长大的勇气
真正的男子汉要顶天立地
追逐心中的梦想要加油努力

我的家乡在云顶山上
一年四季里好呀好风光
春夏去看花海秋冬里有云彩
春夏秋冬的美景醉了我的爱

噢我从云顶山上来
怀着白云飘飘浪漫的情怀
你若有情我也有爱
夏天就带你去云顶看花海

噢我从云顶山上来
怀着群山连绵宽广的胸怀
要把故乡美丽的花
用动人的歌儿唱遍天下

要把故乡美丽的花

用动人的歌儿唱遍天下

……

创作简介：

索朗甲是一位走出大山的孩子，家乡就在美丽的云顶山上，从小喜欢唱歌，梦想长大把故乡的美丽用歌声来传扬，赞美自己的家乡，因为云顶山的风光一年四季非常的美丽，特别是夏天的云顶花海让许多人为之向往，这首《我从云顶山上来》既是一首赞美家乡的歌曲，也是一首励志歌曲，表达了一个走出大山的孩子对家乡的热爱，对歌唱的热爱，他会用深情动人的歌声把家乡的美丽传遍天下，热情邀请远方的朋友，到云顶去看花海……

我的老家

我的老家在白云蓝天下
大河的两岸开满了雪梨花
青山绿水啊风光美如画
父老乡亲啊幸福乐开花

我的老家在高高雪山下
辽阔的草原开满了格桑花
美酒欢歌啊快乐的踢踏
献给朋友啊吉祥的哈达

我的老家快乐的老家
远方的游子天天想念她
想念火塘边醇香的酥油茶
想念亲爱的阿爸和阿妈

想念亲爱的阿爸和阿妈
阿爸和阿妈……

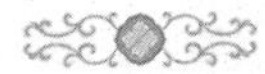  

金川儿女

曾经为了种在心里的梦想
离开了雪梨花
离开了故乡
我也有双雄鹰般的翅膀
山外的世界
任我飞翔

每次回想那些走过的时光
家乡的梨花酒
饮醉我惆怅
梦里金川有种神奇的力量
将我的目光噢
交给远方

啊……
多少金川儿女
和我一样
山是我们的脊梁
天是我们的胸膛

多少金川儿女

和我一样

从未放弃梦想

潇洒走四方

潇洒走四方

山　风

草原上有一首古老的歌谣
唱美了故乡唱醉了牛羊
唱不完眷恋唱不够思念
那就是阿妈温暖的怀抱

雪山上有一轮金色的太阳
照亮了山川照亮了天边
点燃了希望温暖了帐房
那就是阿爸宽阔的胸膛

山风啊山风啊
你吹吧吹吧你吹吧吹吧
吹开了格桑花
请把最美的吉祥哈达
献给阿妈

山风啊山风啊
你吹吧吹吧你吹吧吹吧
让游子回到家
要把醇香的美酒奶茶
敬给阿爸

要把醇香的美酒奶茶

敬给阿爸……

高原红

在离太阳最近的地方
充满着神性、神秘、神奇
总是让人如痴如醉
如梦如幻

——木西

醉美巴拉格宗

前奏：山歌神秘高亢空灵天籁之音，由天而来萦绕在耳畔，弥漫大峡谷山水之间……

有一条峡谷让人心醉
让远飞的雄鹰心儿回归
仰望蓝天彩云飘飞
走遍大地四季轮回

有一座雪山让人沉醉
让虔诚的雪莲眼含热泪
千里林海清清溪水
万年冰川人间最美

醉美巴拉格宗
醉倒天下英雄
走进梦中的香格里拉
天地万物和谐如一家

醉美巴拉格宗
神韵风情万种

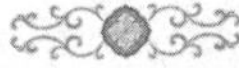

走进人间的香格里拉
山山水水风光美如画

走进人间的香格里拉
山山水水风光美如画
风光美如画……

巴朗云海[1]

在蓝天和雪山相约的地方
总会看见看见云海茫茫
经幡站立千年迎风飘扬
雄鹰守护雪山自由飞翔

在心灵和灵魂呼唤的地方
总能听见听见天唱回响
情歌唱了千年荡气回肠
姑娘守望恋人地老天荒

啊……巴朗云海
美丽的巴朗云海
我向你走来向你走来
走进你那雄伟博大的胸怀

啊……巴朗云海
神奇的巴朗云海
你痴情等待痴情等待
等待一份天长地久的真爱

---

① 一首展现小金巴朗山神奇壮美风光的音乐作品。

你痴情等待痴情等待

等待一份天长地久的真爱

真爱……

江孜多娇

——西藏日喀则市江孜县旅游风光宣传主题歌曲

天边有一片片麦田
那是人们幸福的源泉
就像一块块碧玉
闪耀在美丽的家园

高原有一座座山峰
那是守护家园的英雄
就像一只只雄鹰
拥抱着温暖的苍穹

啊江孜江孜多娇
藏家儿女为你为你自豪
你是高原的粮仓
你是雪域的天堂
就像洁白的哈达迎风飘扬

啊江孜英雄多娇
藏家儿女为你为你骄傲
放眼看千年古城

放歌唱英雄征程

就像历史的长河万马奔腾

放眼看千年古城

放歌唱英雄征程

就像历史的长河万马奔腾

……

静静的日喀则

——日喀则市旅游风光宣传主题歌

天空静静的
白云静静的
雪山静静的
江河静静的

草原静静的
牛羊静静的
风儿静静的
湖水静静的

珠峰静静的
雅江静静的
山谷静静的
麦田静静的

寺庙静静的
经筒静静的
菩萨静静的
人们静静的

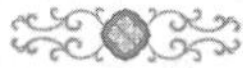

静静的日喀则
静静的年楚河
静静的日喀则
静静的一首歌

静静的日喀则
静静的多情措
静静的日喀则
静静的一首歌

静静的日喀则
静静的一首歌
一首歌…………

创作简介:

大美日喀则，像一首从天边传来的歌谣，给人们讲述那无边的美丽，让人静静倾听，触动内心向往世界屋脊的神奇自然风光，创作旅游形象宣传音乐作品《静静的日喀则》，通过作品自身能量静静的日喀则由内而外静静地散发神奇的魅力，再由作品音乐的张力感染力去由外而内吸引更多的人，从心里油然而生去向往日喀则，去探索发现走进神秘之旅……

在当下人们内心浮躁的年代，创作一首能安抚内心浮躁的音乐作品，从而激发人们对自然的敬畏和向

往，日喀则具有得天独厚的优势资源，静静的日喀则就在天边等你，等你去放飞心中的梦……

朝圣去萨迦

一天又一天心中念诵真言
梦想有一天走进萨迦高原
顶礼膜拜在佛的面前
让泪水洗去我贪嗔痴念

一步又一步我走上朝圣路
心中有萨迦我路途不孤独
前世今生轮回的痛苦
在三色祥光中化为虚无

（……诵经声……过渡）

朝圣去萨迦
一路有莲花
佛堂啊宁静
经筒转不停

朝圣去萨迦
心中有菩萨
法号啊声声
心灵回了家

法号啊声声

心灵回了家

……

黑水欢歌

翻过一座座雪山
走过一条条大河
看见彩云在蓝天飘荡
听见歌声在山谷回响

舞一场卡斯达温
唱一首远古的歌
太阳温暖了幸福生活
月亮美丽了黑水河

香甜的咂酒开坛啦
藏寨的篝火燃起啦
漂泊的人儿回了家
最美的歌儿唱给妈妈

冰山的金光闪耀啊
达古的湖水静静流淌
展翅的神鹰高高飞翔
黑水河一路欢歌流向远方

展翅的神鹰高高飞翔
黑水河一路欢歌流向远方
流向远方……

创作简介：

《黑水欢歌》这首音乐作品，是在当下中国梦的大背景下，以弘扬地方文化旅游元素，与人们生活紧密结合，是和民生息息相关的文艺作品，通过直观的地名来直抒主题，就是唱黑水的大美风光，唱黑水人民在祖国的大家庭中，在党的光辉下团结奋发创造今天的幸福生活，唱响黑水人民心中的梦想。

作品简单而不失大气，通过有代表性的几个特征元素来展现黑水神奇的自然风光，通过黑水人具备的一些特征来抒发幸福生活的状态，通过意向的表达，展现黑水各族干部群众齐心协力唱响欢歌，走向远方，走向辉煌的明天……

去达古冰山吧

（1）

有一个地方
牵引我的目光
那圣洁的冰山
带来遥远的幻想

有一个地方
指引我的方向
那彩林的绚烂
闪烁童话的梦幻

你准备好了吗
去达古冰山吧
沿着一条弯弯的河
走进一座高高的山

你准备好了吗
去达古冰山呀
摘下一朵白白的云
抚摸一片蓝蓝的天

（2）

有一个地方
多少人在向往
情人滩的岸边
许下不变的誓言

有一个地方
格桑花在开放
达古湖的岸边
留下深深的眷恋

你准备好了吗
去达古冰山吧
沿着一条弯弯的河
走进一座高高的山

你准备好了吗
去达古冰山呀
摘下一朵白白的云
抚摸一片蓝蓝的天

摘下一朵白白的云
抚摸一片蓝蓝的天
蓝蓝的天……

达古湖恋歌

——黑水达古冰山旅游景区旅游歌曲

静静地
我来到了你的身旁
为你穿上一件
多彩的衣裳
牵着你的手儿
把岁月守望

轻轻地
我捧起了你的脸庞
带你走进一方
冰雪的天堂
依偎在你的心儿
把幸福守望

达古湖
你不要孤独
有冰山为你做伴
有神鹰为你呼唤

 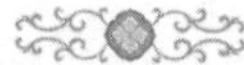   

达古湖

我要你幸福

有天地在你身边

有日月把你思念

达古湖达古湖

达古湖……

珠峰之声

引子：天籁山歌回响……

每一次仰望纯净的蓝天
总会听见一声声遥远的呼唤
是你啊是你珠穆朗玛
是你在呼唤迷途的孩子
快快回家

每一次走进雪域的天堂
总会听见一声声天籁在回响
是你啊是你珠穆朗玛
是你在歌唱圣洁的家园
最美香巴拉

啊……珠穆朗玛
啊……珠穆朗玛
你就是慈祥的阿爸
守护着地球之家
让孩子向着梦想出发

啊……珠穆朗玛

啊……珠穆朗玛

你就是善良的阿妈

护佑着温暖的家

让每一个生命灿烂如花

让每一个生命

灿烂如花

……

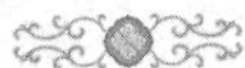

阿里·阿里[①]

阿里……阿里……
阿里……阿里……

天空一只雄鹰飞过
旷野一只羚羊跑过
森林鸟儿在歌唱
阿里天籁在回响

雪山一朵雪莲开放
草原一棵小草生长
湖泊鱼儿在游荡
阿里生命的故乡

阿里……阿里
你是万山之祖
你是百川之源
喜马拉雅山
雄伟壮观

① 西藏阿里地区题材原创歌曲。

阿里……阿里

你是万山之祖

你是百川之源

雅鲁藏布江

圣洁吉祥

雅鲁藏布江

圣洁吉祥

阿里……阿里……

阿里……阿里……

西藏在歌唱

茫茫雪域巍巍群山
山风浩荡吹动吉祥经幡
银色神鹰飞过天边
大美西藏唱响沧桑巨变

绿绿草原清清雅江
江河奔腾滋养美丽家乡
金色巨龙翻过山岗
神奇西藏唱响幸福安康

噢……（天籁回响）

西藏在歌唱歌儿多吉祥
唱美了江河幸福在荡漾
唱得那日月山川
天地亮堂堂

西藏在歌唱歌声多嘹亮
唱美了草原唱肥了牛羊
唱得啊各族儿女
心里暖洋洋

唱得啊各族儿女

心里暖洋洋

……

四姑娘山来的姑娘

阳光轻轻照耀
雪山洁白的衣裳
山里走来一位
雪花般美丽的姑娘
红红的笑脸笑声爽朗朗

月光轻轻落在
雪山美丽的脸庞
山里走来一位
月亮般纯洁的姑娘
长长的头发眼睛水汪汪

四姑娘山来的姑娘
离开家乡来到远方
手捧洁白的哈达
带来祝福和吉祥

四姑娘山来的姑娘
来到远方思念家乡
遥望神圣的雪山

送去美好和祝愿
祝愿家乡美名传四方

祝愿家乡美名传四方
……

美丽的雪山四姑娘

看过多少多少美丽的风光
听过多少多少神奇的传说
为了寻找寻找心中的姑娘
我用一生的时间来把你守望

走过多少多少曲折的山路
穿过多少多少险峻的峡谷
终于回到回到梦中的故土
你用冰封的情怀来为我祝福

噢……美丽的雪山
美丽的四姑娘
云雾中你的身影多么曼妙
月光下你静静为众生祈祷

噢……美丽的雪山
美丽的四姑娘
清清的溪水是你醒来的梦想
冰清玉洁你就是雪的天堂
雪的天堂

冰清玉洁你就是雪的天堂

雪的天堂

……

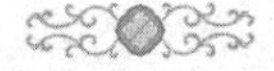

梅里雪山

不要怕山高不要怕路远
快乐的旅途不会有终点
只要心中向着太阳
雪山也会映红你的脸庞

我们要舞蹈我们要歌唱
雪山的儿女自由也奔放
张开怀抱绽放笑脸
带你走进美丽彩云之南

呀啦……卡格博峰
呀啦……雪山之神

梅里雪山在歌唱
格桑花儿在开放
许下一个虔诚的愿望
在那香格里拉的世外天堂

梅里雪山在歌唱
雄鹰自由在飞翔

放飞一个美丽的梦想

在那蓝天之下的雪山之上

放飞一个美丽的梦想

在那蓝天之下的雪山之上

雪山之上……

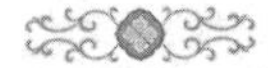

玉树之音

蓝蓝的天空上我们是一片云
辽阔的草原上我们是一片绿
动人的歌儿飘扬在天边
吉祥的福音传遍传遍草原

茫茫的森林中我们是一棵树
奔腾的江河里我们是一滴水
快乐的鸟儿飞翔在山间
玉树的声音走进走进心里面

我们是玉树的儿女
是雪山把我们哺育
用哈达编织成祝福
把吉祥送给你

我们是玉树的儿女
是草原把我们养育
用真情呼唤的美丽
把幸福送给你

用真情呼唤的美丽

把幸福送给你

把幸福送给你

……

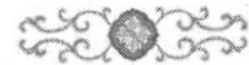

梦幻九寨[1]

前奏：大自然梦幻意境的声响，水流鸟鸣，水晶音效……

是在梦幻里吗
我飞翔在你的世界
天是那样蓝地也是那样蓝
天地之间九寨沟多彩又绚烂

是在童话里吗
我走进了你的世界
山是那样高水又是那样长
山山水水九寨沟一生也看不够

梦幻九寨多彩九寨
你是上天对大地的真爱
把最美的山把最美的水
洒落在我的心海

梦幻九寨醉美九寨

---

① 2016星星·九寨诗会采风作品。

你是我今生痴情的等待
醉了我的心美了我的眼
情愿这一醉就是一千年

醉了我的心美了我的眼
情愿这一醉就是一千年
一千年……一千年……

创作简介：

对于人间仙境九寨沟，人类所有的溢美之词用完也不为过，因为所有来到九寨沟的人都会情不自禁地发出赞叹，太美了，实在是太美了，这一种赞美是发自心底的，因为九寨沟的美是真正触及心灵的一种美。

置身于仙境之中，在天地之间犹如在梦幻中飞翔，天也蓝地也蓝，天地之间九寨沟多彩又绚烂，畅游于人间天堂，在山水之间又如穿行在童话世界里，山山水水九寨沟一生也看不够，这是每个走进九寨沟的朋友发出的感叹。

作品命名为《梦幻九寨》，贴切又恰当，首先给人一种意向美的感觉，当真正走进九寨沟时，的确能感知一种梦幻，多彩的九寨是上天对大地的真爱，把最美的山水都给予了这片最美的土地。

醉了我的心，美了我的眼，情愿这一醉就是一千年，这是热爱九寨沟、热爱大自然之美的最具情怀的表达……

天空之城[1]

引子：觉囊梵音古乐诵唱……

抬头望一望天天空大无边
一座神秘的城堡挂在天地间
祥云环绕经幡飘荡人们多安详

走进了壤巴拉风光美如画
古老神奇的石头石头会说话
闭上双眼默念真言心灵回了家

天空之上有一座城
那里居住着一位一位真神
真神把好运和财富送给
送给虔诚的人们

天空之上有一座城
那里居住着许多善良的人
人们把吉祥和祝福送给
送给远方的朋友们

---

① 壤塘县县歌征集创作。

人们把吉祥和祝福送给
送给远方的朋友们

送给远方的朋友们
……

创作简介：

对于阿坝州一个边远之地壤塘，给人的感觉从来都是遥远而神秘，正因为如此，而让壤塘这个美丽的地方披上了一层梦幻的色彩，让人感到无限遐想和向往，美艳绝伦的自然风光，神秘莫测的觉囊文化吸引着世界各地探秘之人。

歌曲《天空之城》，歌名从壤塘的地理位置和区域内高耸入云悬挂天边的大小城堡来命名，寓意深远且极具美感和震撼力。加之可以借力有一部《天空之城》同名动漫影视作品的辅助推广宣传效应，一首歌会让壤塘声名远扬，吸引天下的朋友前来探秘。

歌词内容结构打破传统就地方而写地方的固有呆板模式，采用诗意描写的手法，朗朗上口的韵律来展现壤塘的大美内涵，而不是表面的陈述。

歌曲《天空之城》既有作为壤塘人的自豪感也有热情好客的邀请之词，会让远方的朋友跟随歌声而来，走进天空之城壤巴拉……

青海不是海

蓝天是蓝天
白云是白云
草原是草原
羊群是羊群

雄鹰在飞翔
花儿在开放
经幡在飘荡
牧笛在悠扬

青海不是海
青海是我的爱
雪山一样的胸怀
等待你的爱

青海不是海
青海是我的爱
我的家乡在青海
有爱等你来

我的家乡在青海
有爱等你来
等你来
……

创作简介：

青年词作家木西携手音乐人智王桑珠为大美青海创作歌曲《青海不是海》，大道至简的歌词，朴实无华的曲风，让人回归初心，犹如一颗石子打破了沉寂已久的民族流行音乐，犹如一位手捧哈达的少女款款向你走来，犹如天上的云朵轻轻向你飘来，犹如高山的雪莲盛开在你的心怀……

《青海不是海》必将打造为青海的一张文化名片，“青海不是海，青海是我的爱”必将成为一句经典的地域标签，因为这个爱是自然神圣的爱，是蓝天是白云是草原是羊群……是大美无限的爱，是回归真实宁静的爱……

九寨花开

引子：南坪小调《采花》……

有许多眼睛深情看着你
有许多心儿深深牵挂你
我的九寨我的爱
我在寨楼上等你回来
等你在春天百花盛开

有许多话儿想要告诉你
有许多歌儿想要唱给你
我的九寨我的爱
我在蓝天下等你回来
等你在春天百花盛开

九寨花开花开九寨
欢腾的溪流奔向大海
快乐的鸟儿唱响天籁
这是大地母亲最美最美的爱

九寨花开花开九寨
兄弟和姐妹与我同在

心与心相连走向未来

这是祖国母亲最深最深的爱

……

创作简介：

美丽的九寨沟遭受地震灾难后，涌现出了许多以文艺作品方式来纪念、来支援、来感恩、来讴歌的感人事迹。

泽尔丹，是一个地地道道的九寨沟人，仙境一般的家乡赋予了他天籁般的嗓音，曾经以一首《我的九寨》唱响歌坛，扎根在家乡，用歌声来赞美家乡和宣传家乡。

如今家乡遭受地震灾难，泽尔丹将内心的悲痛化作力量，用自己的行动参与家乡的重建，参与公益歌曲的演唱。这个阳光般灿烂的九寨之子，感受到了灾难的无情，更感受到了人间大爱的温暖，他发自内心的想用一首歌来表达对家乡的爱，对社会各界的感恩，于是通过静静的沉淀有了创作《九寨花开》的想法，当他把想法告诉给我时，我能够感觉到他对家乡的爱那种内心真挚情感的流淌……

当我问他，需要哪一种风格的时候，他没有过多的语言，非常平静地说，随你的感觉吧。平淡平静的一句话却蕴含着一股强大的力量，那是一种信任，那是一种心与心想通的默契，创作的灵感犹如九寨的瀑布欢畅奔腾，不用华丽的辞藻，只需真实的情感流淌，《九

寨花开》一定会通过泽尔丹的歌声如花般绽放。

美丽的九寨沟在祖国的怀抱里，有全国人民的关心，有全世界对九寨沟热爱的人们，在下一个春天到了的时候，一定会百花盛开，因为我们都在静静地等待，等待九寨花开。

三朵云

1

我是一朵蓝天的白云
迎来了太阳送走月亮

2

我是一朵草原的彩云
守护着帐房看护牛羊

3

我是一朵雪山的祥云
漂泊在山巅守望雪莲

我是白云
我是彩云
我是祥云
扎西德勒嘘噢
扎西嘘噢

123合：

我们是来自雪域的三朵云
带着阿妈的祝福去把梦追寻
一路有坎坷一路有欢歌
藏家儿女像雄鹰从蓝天飞过

我们是走向世界的三朵云
唱着祖先的期盼去把梦实现
唱响了五湖唱响了四海
高原的孩子用天籁
传递人间大爱
……
高原的孩子用天籁
传递人间大爱
人间大爱
……

R&B：

我们是雪域高原的三朵云
带着阿妈的祝福去把梦追寻
我们爱歌唱我们有梦想
我们要勇敢我们要坚强……

羌山情

走啊走啊走啊
走过了一座座高山
用黄土和石头垒起家园
伸手触摸蓝天
俯首一览山川

听啊听啊听啊
一声声古老的小调
用羊皮和竹笛奏响歌谣
回望历史苍茫
展望未来辉煌

羌山羌山我美丽的家园
羊角花一朵朵
笑得多灿烂
羌山羌山我美丽的家园
白云一朵朵
飘在山之巅

 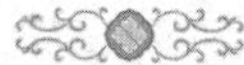   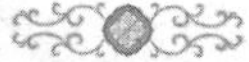

感恩心

古语云
勿以恶小而为之
勿以善小而不为

木西说
常怀感恩心
心宽天地宽

——木西

我们是一家人

天空请不要再流泪
让我张开翅膀
勇敢去飞
为玉树的孩子
点亮黑暗的灯
让迷途的羔羊
看见归途

大地请不要再颤泣
雪山再高也不能
把爱阻挡
为玉树的亲人
送去温暖希望
让美丽的家园
不再哭泣

我们是一家人
真爱的一家人
再大的风再大的雨
我们筑起不倒的长城

我们是一家人

真爱的一家人

再多的苦再多的累

我们风雨同行

注：此歌为2010年4月14日青海玉树地震而作。

感恩世界

每一天向着太阳
说一声谢谢
感恩灿烂的阳光
给予大地
光明和希望

每一次拥抱亲人
说一声谢谢
感恩亲人用真心
给予我们
温暖的亲情

每一次遇见朋友
说一声谢谢
感恩朋友的双手
牵着我们
一路向前走

每一刻提醒自己
说一声谢谢
感恩自己的坚强

给予自己
无穷的力量

感恩自然感恩地球
感恩春风感恩雨露
让每一个生命
快快乐乐自由成长

感恩和平感恩世界
感恩命运感恩岁月
让每一天生活
平平安安健康幸福

感恩和平感恩世界
感恩世界……

2016.3.12

茂县悲歌·等您回来

在我的记忆里
有许多美丽
羌山的云朵
倒影在海子里

风儿轻轻吹
吹开了花季
花朵盛开在
美丽的芳草海

在我的生命里
有许多奇迹
人间的真情
温暖着我和您

大爱轻轻飞
飞到新磨村
静静地等待
等待着您回来

等您回来
等您回来
苍天无情
人间有爱
风中的千屈菜
为您盛开

家中的阿虎
还在呼唤
月亮还在
星星还在
您在我心里
从未离开

您在我心里从未离开……

注：此歌为茂县山体垮塌灾难而作公益歌曲。

恋九寨

——纪念九寨沟7.0级地震主题歌

看不见雄壮的诺日朗
我们的心中充满忧伤
潇洒奔放的汉子啊
你是去了何方
是奔向那遥远的东方
还是投进了那浩瀚的海洋

找不见美丽的火花海
我们的眼里充满期待
含情脉脉的姑娘啊
你又是去了何方
是散落在那茫茫的深山
还是流浪在那无人的路旁

诺日朗啊
快回来
爱和我们在一起
你的转身会更华丽

    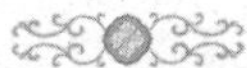

火花海啊

快快回来

爱和我们在一起

等你归来绽放奇迹……

创作简介：

《恋九寨》是一首感情真挚，将人与自然相互依存的关系，将人对大自然美景的挚爱表现得淋漓尽致的歌曲，通过情感的流露和期待，用爱把人心聚在一起的力量让作品的空间无限放大。地震灾难是残酷无情的，但人间大爱是温暖的，人类力量也是强大的。创作者试图用音乐作品的艺术方式来传递情感，传递大爱，来纪念特殊时期的特殊事件，是一种责任和使命的自发行为，是情感的自然流露，当在九寨沟工作生活的同学席阳传来初稿，说自己看到诺日朗垮塌，火花海消失，抑制不住泪流满面，无限悲伤地进行了创作，我被深深感动，经历灾难我感同身受，感知所有九寨沟人都在期待，所有热爱九寨沟的人都在期待，期待诺日朗华丽转身，期待火花海惊艳登场，期待九寨沟的明天更加美丽……

作品副歌部分感情升华，犹如诺日朗瀑布一倾而下溅起无数颗美丽耀眼的水珠。

穿越喜马拉雅的爱

我不愿听见撕裂的呼喊
我不想看见生命的苦难
可是突如其来的灾难
让我们又一次泪流满面

我祈祷地球家园的平安
我祝福阳光灿烂的明天
相信爱如潮水的支援
让我们再一次看见春天

让我们的爱起飞
飞过珠穆朗玛的伤悲
来到尼泊尔的身边
和你们相依相偎

让我们的爱起飞
穿越风雨乌云的包围
来到每一个孩子的身边
让阳光温暖你的心扉

 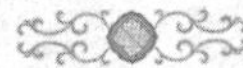   

让阳光温暖

你的心扉

……

注：此歌为尼泊尔地震而作公益歌曲。

圣洁的心愿

当太阳照耀雪山草原
我许下一个圣洁的心愿
祈愿大地和谐生机盎然
祈愿世界和平充满温暖

当彩虹挂在白云蓝天
我许下一个圣洁的心愿
祈愿每一个孩子梦想实现
祈愿慈祥的母亲幸福永远

圣洁的心愿
唵嘛呢叭咪吽
心灵的呼唤
唵嘛呢叭咪吽
只要人间有爱
地球就是最美的家园

当彩虹挂在白云蓝天
我许下一个圣洁的心愿
祈愿每一个孩子梦想实现
祈愿慈祥的母亲幸福永远

 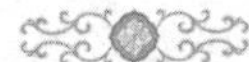   

圣洁的心愿

唵嘛呢叭咪吽

心灵的呼唤

唵嘛呢叭咪吽

只要人间有爱

地球就是最美的家园

只要人间有爱

地球就是最美的家园

家园

……

雪山的呼唤①

千年的岁月时光
留下了千年的沧桑
风雨中不曾改变
是你雄伟的模样

无情的电火刀光
留下了无情的悲伤
天地间有个声音
是你无言的呼唤
呼唤地球家园不要改变

雪山在呼唤忧伤地呼唤
请不要再伤害青青的草原
让那些美丽的花儿
找回灿烂的笑脸

雪山在呼唤深深地呼唤
请不要再破坏清清的水源
让那些自由的鸟儿

---

① 环保公益歌曲。

飞回绿色的林间

雪山在呼唤

噢……在呼唤

呼唤地球回到从前

回到从前……

雅安芦山，我们在你身边

地球你为何要战抖
破坏了我的家园
还把同伴带走
你的无情让我们再次泪流

朋友我们一起去战斗
献出你的爱心伸出你的双手
在多危难的时候
我们永远相依相守

雅安芦山
你不要心酸
我们一起穿越风雨
去看彩虹蓝天

雅安芦山
你不会孤单
只要相信爱
就有幸福的明天
只要相信爱就有幸福的明天

注：此歌为2013年4月20日雅安芦山地震而作。

森林生命

——森林环保主题歌

是什么让天空蔚蓝
是什么让大地五彩斑斓
是山川是河流
是森林的浩瀚

是什么让家园美丽
是什么让万物生生不息
是阳光是海浪
是森林的光亮

森林啊生命
你是江河的源头
让花儿灿烂绽放
让鱼儿欢快遨游

森林啊生命
你把地球守护
让风儿轻轻吹拂
让鸟儿自由飞舞

是什么让鸟儿孤单
是什么让花儿暗淡
是贪婪是污染
是生命的悲惨

是什么让孩子哭泣
是什么让童话远离
是绝望是荒凉
是生命的悲伤

森林啊生命
你是江河的源头
让花儿灿烂绽放
让鱼儿欢快遨游

森林啊生命
你把地球守护
让风儿轻轻吹拂
让鸟儿自由飞舞

创作简介：

我们生活的星球，原本是被森林覆盖，大地一片生机，人与自然和谐共处，空气清新，天蓝水绿，鸟语花香。但是随着人类的发展和扩张，破坏了保护我们的森林，导致大地沙漠化剧增，气候变暖，南极北

极冰山融化，环境污染严重，空气质量下降，雾霾天气增多。没有了森林的守护，地球将变得荒凉，人类最终将消失。由此创作环保歌曲《森林生命》，用音乐作品的方式来呼吁人类关爱环境，保护森林，就是在保护人类的生命。作品歌词通过对比和讲述的方式来巧妙地展现森林的作用，一改传统歌曲的直白宣教式让人乏味的创作模式，旋律大气恢宏，让人仿佛置身于场景之中，歌手极具穿透力和深情饱满的声音，时而吟唱，时而呼唤，时而激越，时而归于沉静，让听众达到心灵的震撼，自发地参与环保，投入到保护森林的行动中去。

作品还可以通过大手笔鸿篇巨制MTV，进行拍摄浩瀚的森林和触目惊心的环境破坏场面；还可以用大型交响乐的方式来举办《森林生命》主题音乐会等许多文化活动来推广歌曲，扩大宣传和影响力，从而起到呼吁和倡导全社会参与环保爱护保护森林的作用。让美丽的家园永远生机无限……

爸爸妈妈快回家

——留守儿童之歌

引子（对白）：

大：小朋友，你在这里干吗啊？

小：叔叔，我在这里等爸爸妈妈。

大：你爸爸妈妈去哪里了？

小：他们，他们去打工挣钱了。

大：噢，天快黑了，我送你回家吧。

小：叔叔，谢谢您……

爸爸和妈妈去了远方啊
我守在村口等你们回家
等过了春天等过秋天
盼到春节过年全家团圆

爷爷和奶奶已经年老啦
手脚不方便眼睛也昏花
夜里时常会说说梦话
说的都是盼儿早日回家

爸爸妈妈快回家
田里的小瓜发了芽

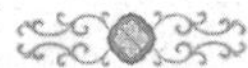

叔叔和阿姨来看我啦
我要学会坚强快乐长大

爸爸妈妈快回家
门前的老树开了花
小兄弟小姐妹来陪我啦
我要学会勇敢把爱报答

小兄弟小姐妹来陪我啦
我要学会勇敢把爱报答

我要学会勇敢把爱报答
……

创作简介：

邛崃市“我在深山有远亲”公益活动是一个非常值得推广的关注关心中国留守儿童的典型公益项目。通过城市乡村的对接认亲，能够很大程度上缓解因为农村青壮年外出打工，留守儿童和老人在家产生的一系列社会问题。

“我在深山有远亲”公益活动发起点在邛崃，希望这种邛崃模式能够推广到全国，让人间的正能量传递到边远山村去，让我们生活的社会更加和谐，让人们的内心更加善良。许多边远农村山区由于经济条件受限，青壮年不得不外出去城市打工挣钱，为城市

建设贡献力量，而城市里的居民生活经济条件相对较好，如果都能切实地去做一些力所能及的善事，帮助留守儿童和老人，相信对于下一代的成长将是一个在学校教育之外的一个补充。

音乐歌曲的推广是一个十分便捷的方式，歌曲《爸爸妈妈快回家》的歌词创作，通过详细地了解了“我在深山有远亲”公益活动整个过程，同时查阅了大量的中国留守儿童现状的资料，经过酝酿写出了接地气简单的歌词。作品创作以三个部分组成，引子的设计是用对话来激发人们内心情感的流淌，主歌采用故事式叙述当下中国边远农村家庭现状，副歌把情感扬起来，把“我在深山有远亲”公益活动的效果凸现出来，带给留守儿童快乐和力量，让他们健康长大，学会感恩，传递爱……

整个作品以情感为主旋律，简单朴实直击人心，就是生活中的常用称呼，以一个孩子期盼爸爸妈妈回家的口吻来讲述一个小故事，以此来打动和感染更多的人，知道这种现状而积极来参与“我在深山有远亲”公益活动……

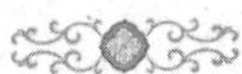

一叶一世界

前奏（佛音诵唱）：

翁班匝尔萨多萨玛雅

翁班匝尔萨多萨玛雅

万物从自然中来

万物到自然中去

自然是万物的天

自然是万物的地

一轮金色的太阳

一弯洁白的月亮

一片小小的叶子

一方美丽的世界

一叶一世界

一花一菩提

来亦来去亦去

来来去去

来去空空

一叶一世界

一花一菩提

天亦天地亦地

天地人和

万物归一

天地人和

万物归一

……

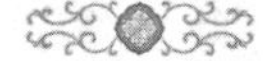    

离开家的孩子

——写给战火中的孩子

地球上的孩子
都是天上的星星
星星有清澈的眼睛
还有童话的心灵

离开家的孩子
都是受伤的星星
星星用无助的眼睛
期盼世界的和平

星星的眼睛
星星的眼睛
能把世界看清
能把人类唤醒

星星的眼睛
星星的眼睛
祈愿人间安宁
祈祷世界和平

祈愿人间安宁
祈祷世界和平

祈祷世界和平
世界和平……

世界和平塔

太阳升起普照大地
天地万物生生不息
和平之塔盛开莲花
佛光沐浴众生
众生是一家

法号响起传遍天地
祥云飘飘世界静谧
和平之塔祈福天下
福音传遍地球
地球是一家

世界和平塔
人人向往她
生死轮回自然和谐
生命多美啊

世界和平塔
慈悲无量啊
国泰民安世界和平
生活多美啊

国泰民安世界和平

生活多美啊

……

善　良

太阳的善良是给大地阳光
让每一片土地没有荒凉
让每一棵小草自由生长

星星的善良是给黑夜光亮
让每一个明天充满希望
让每一双眼睛找到方向

雪山的善良是守护河流海洋
让生命的大地有雨露滋养
让美丽的花儿能灿烂开放

森林的善良是守护童话天堂
让绿色的家园是和谐吉祥
让鸟儿的梦想能自由飞翔

人类的善良是奏响生命乐章
让和平的钟声在世界回响
让温暖的人间啊处处花香

国家的善良是给予人民安康
让每一个孩子没有忧伤
让每一个家园充满欢笑

民族的善良是坚守自立自强
让每一个子孙拥有力量
让每一次荣耀灿烂辉煌

啊啊善良
啊啊善良
时间让岁月改变模样
善良让孩子可爱漂亮

啊啊善良
啊啊善良
善良让幸福快乐飞扬
善良让未来充满希望
……

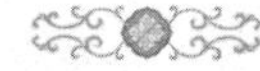

祥云向南飘

四川阿坝汶川
云南昭通鲁甸
心和心相连
手和手相牵

我们是兄弟姐妹
我们就是一家人
在你受伤的时候
我会陪你一起走

不管山有多高
不管路有多长
祥云向南飘
给你温暖的怀抱

不要害怕灾难
不要担心明天
祥云向南飘
给你勇气和力量
……

注：此歌为2014年8月3日云南鲁甸地震创作公益歌曲。

星星的眼睛

——写给叙利亚战火中的孩子

地球上的每一个孩子
都是天上的星星
星星的眼睛
看见的都是童话
在他们小小的内心世界
满满的都是阳光

可爱的小天使啊
在战火中逃亡的路上
只要在妈妈的怀里
星星的眼睛
闪烁的都是和平之光
在他们小小的内心世界
永远都是那么
清澈干净

星星的眼睛
无言地看着世界
世界却看不见
星星的眼睛

如果可以

让我们一起为星星点灯

去照亮每一个孩子

回家的路

全世界一起呼喊

停止吧，战火！让孩子平安回家！……

一切为了你

你的每一次呼唤我们刻不容缓
抢在那第一时间来到你的身边
你的每一次疼痛牵动我们的心
无微不至地呵护给你健康和幸福

你能每一天平安是我们的心愿
愿你能分分秒秒露出灿烂微笑
你的勇敢和坚强给了我们鼓励
再苦再累不后悔一切都是为了你

一切为了你啊一切为了你
为了你的笑容绽放美丽
抓住每一线希望不言放弃

一切为了你啊一切为了你
为了你的明天幸福美丽
守护每一个生命创造奇迹

为了你的明天幸福美丽
守护每一个生命创造奇迹

自然天成

——非物质文化遗产“让炯艺术”主题歌曲

引子：古老的佛教诵经声音……

天是天

地是地

天地之间

万物自然

太阳是太阳

月亮是月亮

太阳和月亮

把宇宙照亮

（间奏：神秘的诵经声音……）

善良的心灵

明亮的眼睛

生死轮回

自然天成

和平的阳光
永恒的信仰
天地万物
自然天成

天地万物
自然天成
……

创作简介：

古老神秘的藏族让炯艺术，是阿坝州非物质文化遗产的重要篇章。由创始人牟子亮潜心数十年研究创立而成的一项独特的艺术，其艺术的表现手法皆来源于天地间自然界的树木植物根系。自然天成的形状包罗万千气象，经过独特的技艺加工后，一件件让炯艺术品栩栩如生呈现于世界。

让炯是藏语发音，意为自然天成。世间万物皆为自然天成，让炯艺术将其淋漓尽致表现出来。蕴含深奥的佛家哲理，万变不离其宗，万物都要遵循自然规律，万事都要从善而行。

歌曲作品自然天成，通过有声音乐艺术来诠释和表现让炯艺术的内涵，有声和有形完美结合，必将推动这项独特神奇的艺术走向更为广阔的天地，让人们去认知和欣赏，感受让炯艺术给人带来的巨大能量……

阿妈请放心

每一个清晨都能看见太阳
那是阿妈为孩儿照亮理想
让勇敢的雄鹰展翅飞翔
去天空流浪学会坚强

每一个黄昏都能看见月亮
那是阿妈等孩儿回到帐房
让离乡的游子找到方向
在天涯漂泊不会迷茫

阿妈啦阿妈
你的心是人间最真的情
让每一个孩子的一生
像歌儿一样动听

哦阿妈请你放心
哦阿妈请你放心
无论走遍天涯
总牵挂着你的身影
忘不了你的叮咛

哦阿妈请你放心
哦阿妈请你放心
无论走遍天涯
总牵挂着你的身影
忘不了你的叮咛

阿妈孩儿请你放心

爱是一束光

每一片蓝天
每一片大地
只要有爱
就有无限生机

每一次生死
每一次轮回
因为有爱
生命生生不息

爱是一束光
把黑暗照亮
让冰冷的世界
有温暖的光芒

爱是一束光
让花儿绽放
让美丽的人间
洒满爱的芳香

让美丽的人间

洒满爱的芳香

爱的芳香

芳香……

菩提心

慈悲的佛啊
慈悲的心
化作一颗菩提
在人间穿行

善良的人啊
善良的心
化作一颗菩提
在红尘修行

啊……菩提心
啊……慈悲心
点一盏明灯
让世界光明
燃一炷清香
让天地吉祥

啊……菩提心
啊……善良心
敲一次晨钟
把世界唤醒

击一次暮鼓
让天地安宁

阿弥陀佛菩提心
阿弥陀佛慈悲心
阿弥陀佛菩提心
阿弥陀佛善良心
……

美丽的背影

还记得小时候
我不敢走出家门口
是爸爸是妈妈
牵起了我的小手

还记得长大后
曾不愿抬起我的头
是兄弟是姐妹
伸出了爱的双手

生活给了我美丽背影
是爸爸妈妈给我信心
人生的幸福要用心去读
有快乐也会有辛苦

生活给了我美丽的背影
是兄弟姐妹给我自信
未来的道路绝不认输
你们在我身边
我不会孤独

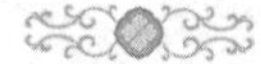

你们在我身边

我不会孤独

……

注：此歌为“最美背影”励志女孩尔玛阿依量身创作。

风雨中的身影

——向抗洪救灾的军人致敬

多少个白天多少个夜晚
时时刻刻待命奔赴前线
共和国的军人壮志不一般
哪里有苦有难
就有你们的身影出现

多少次冲锋多少次呐喊
分分秒秒必争保卫家园
人民的子弟兵豪情大无边
面对惊涛骇浪
义无反顾地走向战场

风雨中的身影
是这样的可爱可亲
你们用热血和生命
捍卫家园的安宁

风雨中的身影
是那样的伟岸坚挺

你们用忠诚和信念
保卫祖国和人民

啊
风雨中的身影
是最美的身影
最美的身影……

注：连日来的强降雨导致我国多地出现洪涝灾害，多地告急，人民群众陷入危难之中，在这紧要关头，共和国的军人出现了，人民的子弟兵出现了，哪里最危险，哪里最危难，就有他们奋不顾身抗洪救灾的身影，他们就是人民群众的救兵，救受灾群众于水深火热之中。他们风雨中晃动的身影，给了祖国和人们信心，相信再大的困难都难不倒英雄的中国人民，我们万众一心一定会战胜洪涝灾害，在此写下歌曲《风雨中的身影》向我们的子弟兵致敬……

我是一朵水做的花

我是一朵小小的花
一朵天地之间水做的花
轻轻盈盈飘飘洒洒
把吉祥如意送给幸福人家

我是一朵美丽的花
一朵开在你我心里的花
洁白如玉完美无瑕
把万里江山装点美丽如画

我是一朵水做的花
花开花落是生命之歌
一生的美丽献给大地
让春天的花儿绽放美丽

我是一朵水做的花
花开不败是人间大爱
今生的梦想唱给未来
全世界的拥抱温暖心怀

今生的梦想唱给未来

全世界的拥抱温暖心怀

……

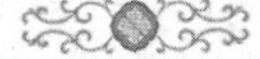    

人们富起来

1.

太阳升起照耀大地
村村寨寨花香鸟语
高山绿了小河清了
家家户户勤劳致富

张家的大姐建起鸡场
李家的大哥放牧牛羊
艰难的日子越来越少
幸福的生活越来越好

啊走过风雨啊走向富裕
一颗颗感恩的心
一片片真诚的情
我们向着太阳走向富裕
……

2.

撸起袖子加油努力

千村万户欢歌笑语
杏儿黄了樱桃红了
羌寨藏乡和谐安康

宽阔的道路通向幸福
甘甜的山泉流进家园
姑娘的模样越来越俏
幸福的指数越来越高

啊走过风雨啊走向富裕
一颗颗感恩的心
一片片真诚的情
我们向着太阳走向富裕
……

飞蛾回家

一只一只的鸟儿
飞翔在青海湖
一声一声的呼唤
陪你走上回家的路

一条一条的鱼儿
游荡在青海湖
一滴一滴的泪珠
融化了回家的孤独

飞蛾回家
飞蛾回家
蓝天思念你
白云陪伴你

飞蛾回家
飞蛾回家
高原想念你
雪山守护你

高原想念你

雪山守护你

雪山守护你

守护你

……

金色梦

企业文化

是企业发展的灵魂

企业歌曲

也是企业文化的重要表现

——木西

阿妈的雪梨膏

——金雪梨果业主题歌

高高的雪山守护着家园
纯净的甘泉滋润着高原
飘动的经幡祈福着平安
这就是我的家乡世外梨园

千万朵梨花开在蓝天下
大山的孩子长大离开家
阿妈把祝福用甘泉融化
装进孩儿的行囊伴儿去天涯

阿妈的雪梨膏是雪域的珍宝
那童年的味道永远忘不了
阿妈的雪梨膏是古老的歌谣
那幸福的味道甘甜而美妙

走过了春秋走过冬夏
伴随我长大平安走天涯
伴随我长大平安走天涯
……

创作简介：

《阿妈的雪梨膏》是一件极具人文情怀的文艺作品与企业品牌进行完美结合的创作。作品内涵具有民族性、地域性、人文性，人间亲情贯穿始终，孝善，母爱直击人心，企业品牌产品顺其自然地凸显出来，让人不经意间而记住阿妈的雪梨膏。

整个作品流畅自然，具有温暖的画面场景，后期精心策划具有故事性的音乐电视，必将把企业品牌通过灵活的传播方式和广泛的受众群体而深入人心，走上一条健康可持续的发展之路，塑造具有工匠精神的民族品牌。

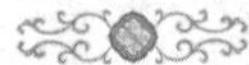

警徽闪耀[1]

巍巍雪山茫茫草原
警徽的光芒闪耀在天地间
为了藏寨羌乡的平安
我们穿行在雪域高原

黄河弯弯岷江之畔
忠诚的信念牢记在心坎间
为了和谐安宁的家园
我们不畏那风雨艰难

啊……雪山草原的人民警察
奉献青春岁月美好年华
为了父老乡亲不再担心害怕
警徽闪耀绽放正义之花

啊……雪山草原的人民警察
面对风霜雪雨从不惧怕
只要人民拥有幸福温暖的家
警徽永远闪耀最美的光华

---

① 阿坝州警察系统歌曲创作。

只要人民拥有幸福温暖的家
警徽永远闪耀最美的光华
最美的光华……

最美的芙蓉花

——都江堰万达文化旅游城宣传歌曲

有一种温暖
就像母亲的呼唤
抚平世间沧桑
让游子回到故乡

有一种信念
就像美丽的春天
装点多彩人间
让花儿盛开笑脸

有一种力量
就像大地的胸膛
容纳万千气象
通达四面八方

有一种梦想
就像金色的阳光
能把世界照亮
能让花儿绽放

最美的芙蓉花
开在青城山下
美了都江两岸
醉了古堰人家

最美的芙蓉花
和世界在说话
放飞亿万梦想
万达花开天下

金色的心愿

——金融系统企业文化主题歌

……

太阳从东方升起
万丈光芒照耀大地
沉睡的梦想悄悄醒来
金色的心愿激情澎湃

幸福像花儿开放
父老乡亲点燃梦想
肥沃的土地鸟语花香
金色的心愿一路芬芳

啊……金色的心愿
啊……赤诚的信念
为咱老百姓走向幸福
我们用心开创金色的道路

啊……金色的心愿
啊……赤诚的信念
为咱新农村奔向小康
我们用情铸就金色的辉煌

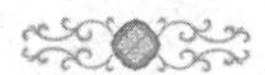    

为咱新农村奔向小康
我们用情铸就金色的辉煌
金色的辉煌……

净土阿坝

——四川阳光净土电子商务有限公司企业文化主题歌

高原的天，高原的地
高原的天地神奇美丽
高原的风，高原的雨
高原的阳光洒满大地

能把世界照亮的
那是太阳
能让万物生长的
那是土壤

我们心中的信仰
就是爱的阳光
我们追逐的梦想
就是绿色健康

阳光净土
健康快乐的天路
阳光净土
上天恩赐的甘露

阳光净土
守望初心的付出
阳光净土
我们无悔的征途

阳光净土
我们无悔的征途

我们无悔的征途
……

相聚在承运

——金川承运实业公司企业文化团队主题歌

迎来每一个黎明
我们满怀激情和信心
做好每一天工作
我们充满幸福和快乐

送走每一个黄昏
我们感恩世界和乾坤
怀着美丽的梦想
我们团结走向辉煌

啊我们把心聚在一起
就能开辟新的天地
啊我们把力聚在一起
会让生活更加美丽

啊我们把爱聚在一起
就能明白生命意义
啊我们把情聚在一起
牵手开创未来奇迹
啊我们把情聚在一起

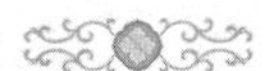

牵手开创未来奇迹
未来奇迹……

创作简介：

作为一个欣欣向荣发展的年轻企业，拥有近百人的员工团队，在打造企业文化时，一首充分反映团队精神的歌曲是必不可少的元素之一，这首《相聚在承运》，充满激情豪迈奋进的力量，让每一个员工充分感受到在承运实业公司大集体里的主人翁精神力量，让大家充满友情充满对工作的爱，对社会对自然的感恩，一个有文化有爱有感恩的企业，必将在团队的力量下创造一个又一个辉煌的奇迹……

我在达拉布等你

——汶川龙溪羌人谷达拉布庄园企业文化主题歌

羌山的羊角花开了

等你来

碉楼的羌红挂起了

等你来

情歌悠扬的达拉布

等你来

月光眷恋的达拉布

等你来

熊熊的篝火燃起来

激情的锅庄跳起来

远方的朋友们快快来

纳啧吔纳纳哟纳吉纳噜

我在达拉布等你来

等你来

醇香的咂酒喝起来

豪情从山歌中醉出来

远方的朋友们快快来

纳啧吔纳纳哟纳吉纳噜

我在达拉布等你来
等你来

阿哥的笛声响起了
等你来
阿妹的舞蹈跳起了
等你来
热情似火的达拉布
等你来
吉祥如意的达拉布
等你来

熊熊的篝火燃起来
激情的锅庄跳起来
远方的朋友们快快来
纳啧吔纳纳哟纳吉纳噜
我在达拉布等你来
等你来

醇香的咂酒喝起来
豪情从山歌中醉出来
远方的朋友们快快来
纳啧吔纳纳哟纳吉纳噜

我在达拉布等你来

等你来

……

青春飞扬

——阿坝州“93”教育助学工程主题歌

我们生活在祖国温暖的家
在阳光春风里茁壮地长大
阿爸和阿妈说过一句话
将来要把祖国好好报答

我们飞翔在蓝天白云下
格桑花羊角花多么美丽啊
故乡的山水就像一幅画
最美的歌儿要唱给妈妈

雪山草原上
我们青春飞扬
把太阳的梦想
放飞在故乡

雪山草原上
我们青春飞扬
把未来的理想
书写在故乡

把未来的理想

书写在故乡

故乡……

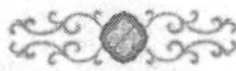

万达，万达

——万达集团成立30周年征集主题曲

有一种信念在我们心间
向着太阳奔跑勇往直前
历经风风雨雨未曾改变
穿越千山万水走向彼岸

有一种力量让青春飞扬
纵横万里长空自由翱翔
三十年万达路铸就坚强
追逐未来梦想扬帆启航

噢……万达啊万达
众志成城相亲相爱
团结如一家
精雕细琢万达之花
花开天下
噢……花开天下

噢……万达万达
继往开来勇攀高峰
江山美如画

真情谱写万达之歌

歌唱辉煌

噢……真情谱写万达之歌

歌唱辉煌

小伙伴大熊猫

——汶川大熊猫文化旅游主题歌曲

我有一个小伙伴
小呀小伙伴
名字就叫大熊猫
大呀大熊猫
胖胖的身子萌萌哒
可爱的样子美美哒

我有一个小伙伴
小呀小伙伴
名字就叫大熊猫
大呀大熊猫
和平的使者棒棒哒
中国的骄傲帅帅哒

R&B：
小伙伴大熊猫
身怀绝技功夫高
走出卧龙走向世界
把和平的信息传天下……

小伙伴啊大熊猫
见面点头微微笑
四大洋啊五大洲
全世界要手牵手

小伙伴啊大熊猫
兄弟姐妹问问好
东西南北好朋友
地球人民是一家

东西南北好朋友
地球人民是一家
地球人民
是一家……

跑起来

——公益晨跑队队歌

清晨太阳爬上山岗
快乐鸟儿自由歌唱
我们迎着美丽晨光
奔跑在健康的路上

黄昏我们挥汗赛场
激情梦想自由飞翔
我们崇尚快乐健康
前进的步伐不可阻挡

跑起来跑起来
不要犹豫不要等待
跑向未来无限精彩
人生的路上永不言败

跑起来跑起来
不要烦恼不要无奈
跑向幸福欢乐开怀
梦想的路上春暖花开

跑向幸福欢乐开怀

梦想的路上春暖花开

春暖花开……

禅茶一味

——2017蒙顶山国际茶文化节主题歌

引子：钟声悠远，余音袅袅，南无阿弥陀佛……

一片天一片地
一个人一颗心
人在天地间
心宽天地宽

一朵花一世界
一叶芽一如来
明镜亦非台
何处惹尘埃

一条河一座桥
一生爱一世情
爱过奈河桥
情深知多少

千杯茶千杯月
万里云万里天

品茶论春秋
一笑解千愁

心中有善念真知又正见
苦海大无边此岸是彼岸
人在草木间名利如云烟
人生有百味禅茶是一味

蒙山有甘露普度众生苦
苦乐一杯茶茶香满天下
人在红尘中来去一场空
人生有百味禅茶是一味

人在红尘中来去一场空
人生有百味禅茶是一味

人生有百味禅茶是一味……

创作简介：

在如今浮躁的社会环境下，人人都在寻找一个清静之地，喝上一杯清香之茶，听上一曲忘我之歌，笑看世间百态，静品人生百味，让自己回归初心。千人千面千颗心，对于禅对于茶的理解不尽相同，因而创作一首以禅茶为主题的音乐作品应是突破传统的束缚，以包容之心去接纳千万颗心，用音乐的方式去引导他们如何在滚滚红尘中做到心境如明，看清世间纷扰，不忘初心继续前进。

作品《禅茶一味》力求简单明了，引经据典用大道至简之法让人一听便懂，而不是深奥让人费解。用传统流行现代时尚元素相互融会贯通，让普通大众每一个人都能在作品中找到自己的共鸣点，而不是局限单一的小众范围传播，达到通过一首接地气有禅意能传播的歌曲让茶祖故里以更加灵活的方式声名远扬，将禅茶文化发扬光大，形成蒙顶山自己的品牌和个性标志。

万众在创业

我们生活在科技的时代
生活的节奏比火箭还要快
这一秒还可以把心情晒一晒
下一秒所有的信息全都被覆盖

我们生活在希望的时代
强大的祖国给我们大舞台
只要你有胆量把面子放下来
相信你未来的道路绝对很精彩

世界那么大你想去看看
万众在创业我想去试试
一路有风雨也会有坎坷
心中有彩虹就不想那么多

世界那么大你想去看看
万众在创业我想去试试
人生一辈子能有几回搏
传递正能量唱支创业的歌

人生一辈子能有几回搏

传递正能量唱支创业的歌

……

三甲村六月六

——云南昭通三甲村乡村文化旅游主题歌

R&B

美丽的三甲我的家乡

山清水秀有好风光

田园乡村鸟语花香

勤劳的人们幸福安康

……

是春风送来了希望

吹绿了山川吹美了家园

勤劳的三甲人民

大步向前

勤劳的三甲人民

大步向前

是雨露滋润着梦想

建起了新房亮丽了村庄

幸福的三甲人民

奔向小康

幸福的三甲人民

奔向小康

是太阳点燃了理想

温暖了故乡照亮了前方

勇敢的三甲人民

走向辉煌

勇敢的三甲人民

走向辉煌

三甲村六月六

斟满美酒喝呀喝不够

敬给地呀敬给天

敬给神龙老呀老祖先

三甲村六月六

唱起歌儿唱呀唱不够

心连心呀手牵手

欢迎远方好呀好朋友

心连心手牵手

欢迎远方好呀好朋友

……

春风吹

人间
因为有爱情而美好
爱情
因为有情歌而生动

——木西

最美的眷恋

还记得遇见你那天
一颗心深深地沉醉
从此每个静静的夜晚
你的美在我脑海中浮现

清清的河流出草原
你说你要去那山外面
离别那天哭红了双眼
无论多遥远都割不断爱恋

哦为你等待
在花开的草原
用一生守护我们那爱的誓言
唱一首情歌
飘在白云蓝天
你是我心中最美的眷恋

哦我在等待
在云顶的花海
用一世等待我们那爱的未来
献一条哈达

挂在我们心怀
你是我今生等待的真爱
……

我在双桥沟想你

记得有一天你对我说
带我去一次美丽的漂泊
那里天空蓝蓝群山巍峨
那里白云朵朵雪花飘落

记得有一天你对我说
我们一起用心谱写生活
在世外桃源看花开花落
在雪山脚下看雄鹰飞过

如今我背上行囊
爬过了高高的巴朗山
骑上骏马走在双桥沟边
为何不见你的身影出现

我想你我想你
我在双桥沟想你
想你曾经许下的承诺
我的眼泪忍不住悄悄滑落

我想你我想你

我在双桥沟想你

走过的日子多么快乐

爱的神话是一个美丽传说

走过的日子多么快乐

爱的神话是一个美丽传说

……

康定新情歌

二郎山很高
川藏路很长
翻山越岭到康定来
寻找梦中的爱

蓝天白云飘
草原马儿跑
康定城美丽的姑娘
等你把情歌唱

溜溜的阿妹妹
在溜溜城等你来
采一朵白云送给你
郎有情来妹有意

溜溜的阿哥哥
在溜溜城等你来
情歌唱响溜溜的爱
格桑花儿为你开

情歌唱响溜溜的爱

格桑花儿为你开

格桑花儿为你开

带上心爱的人儿去九寨

我曾经走过许多地方
有过欢笑有过惆怅
心中依然有无限向往
向往去九寨那人间天堂

我心中喜欢一位姑娘
心地善良美丽大方
她说今生有一个愿望
让相爱的心去九寨飞翔

噢噢噢……（山歌调）

带上心爱的人儿去九寨
去看那里的天那里的山
飘荡着云彩
还有美丽的鱼儿
畅游在花海

带上心爱的人儿去九寨
亲亲那里的水那里的林
把心儿表白

还有歌舞的海洋
让爱难忘怀

还有歌舞的海洋
让爱难忘怀
难忘怀……

彭州之恋

我们相遇在花开的季节
你在花丛中牵起我的手
许下最美的诺言
一生一世一起走

我们相恋在盛夏的时候
走过白水河唱起爱的歌
相信最美的爱情
就是心与心相印

啊……神奇的九峰山
避暑的天堂
看那相爱的人儿
成对又成双

啊……天彭的牡丹花
开得多美啊
看那多情的人儿
浪漫在花下

看那多情的人儿

浪漫在花下

……

月色小镇

——西昌文化旅游特色街区月色小镇主题歌

全世界最美的月亮
落在那凉山上
月光下邛海碧波荡漾
朦胧的月色让人神往
月色小镇就是梦的天堂

全世界最美的姑娘
来到了小镇上
姑娘的眼睛清澈明亮
甜甜的笑容心地善良
月光女神下凡让爱飞翔

月色小镇啦啦啦啦啦啦
多么迷人呀呀呀呀呀呀
月光下索玛花
开得多美啊
一不小心就让人
深深爱上她

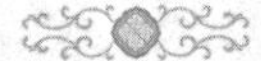

月色小镇啦啦啦啦啦啦
如此安静呀呀呀呀呀呀
月光下有情人
说着悄悄话
夜深人静就让心
轻轻回到家

夜深人静就让心
轻轻回到家
回家
……

云姑娘

蓝天上飘来了云姑娘
洁白的哈达长又长
唱上一首心中的歌
送给草原好儿郎

雪山上走来了云姑娘
七彩的衣裳好漂亮
跳起一支欢快的舞
藏家儿女多幸福

哎……哎……

云姑娘云姑娘
大大的眼睛心地善良
能歌善舞为草原
送来吉祥

云姑娘云姑娘
红红的脸庞大方漂亮
勇敢坚强为草原
守护安康

云姑娘云姑娘

云姑娘……

秋天我要去草原

城市的灯火让人寂寞
没完没了每天的工作
一颗流星在天空滑落
心中的思念对谁诉说

地铁的拥挤让人孤独
早出晚归辛苦的付出
许多梦想在心底酸楚
向往那草原的自由幸福

秋天我要去草原
放飞那心中的思念
风儿轻轻云儿淡淡
马头琴悠扬歌声远

秋天我要去草原
去看那秋水映长天
一排排大雁飞向南
梦想飞翔在天地间

一排排大雁飞向南

梦想飞翔在天地间

……

    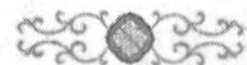

春风吹

冬天已过去春天又来到
万物在生长
大地被唤醒江河泛波浪
鸟儿在歌唱

小小的花蕾迎着那春风慢慢绽放
花开的季节美丽的日子与你相遇

你就是在我梦里梦见的姑娘
就让春风轻轻把你吹进我心房

春风吹呀吹呀轻轻地吹
吹醒了青春吹来了我们纯纯的爱
春风吹呀吹呀暖暖地吹
吹开了心扉吹动了花蕾盛开了爱

啦啦啦啦……

一生一世一起走

女：

月亮圆圆升起在草原上
格桑花悄悄为谁在开放
前世有缘今生相爱轻轻把歌唱
梦里梦见梦中勇敢的情郎

男：

太阳红红照耀在雪山上
雪莲花芬芳为谁在开放
前世有缘今生相爱轻轻把歌唱
梦里梦见梦中美丽的姑娘

女：

阿哥啊
我要对你说出心中的话
一生一世一起走
一生都牵你的手

男：

阿妹啊
我要对你说出心中的话

一生一世一起走

一生陪你到白头

男：一生一世一起走

女：一生一世一起走

男：一生都牵你的手

女：一生都牵你的手

男：一生一世一起走

女：一生一世一起走

男：一生陪你到白头

女：一生陪你到白头

合：一生一世一起走……

心上人

我的阿哥哥
你在何方啊
阿妹思念你
你可知道吗

我的阿妹妹
我在羌山上
等到花满山
把你娶回家

我的心上人
是我梦中的人
朝朝暮暮思念你
有情也有意想你

我的心上人
是我等待的人
一生一世爱着你
无怨也无悔爱你
……

最美新娘

在我的心上有一位姑娘
美丽大方心地也善良
不知不觉中我爱上了你
美丽善良的好姑娘

姑娘啊姑娘你可知道
你已走进我的怀抱
一路有风雨也有欢笑
爱的花儿开得多美妙

来吧来吧我的好姑娘
今天就要你做我的新娘
轻轻张开爱的怀抱
幸福的日子就要来到

来吧来吧我的好姑娘
今天你就是最美的新娘
紧紧相拥爱的怀抱
我要陪你一起到老

R&B
姑娘姑娘你可知道
你已走进我的怀抱
姑娘姑娘你可知道
你已成为我美丽的新娘

在我的心上有一位姑娘
美丽大方心地也善良
不知不觉中我爱上了你
美丽善良的好姑娘

姑娘啊姑娘你可知道
你已走进我的怀抱
一路有风雨也有欢笑
爱的花儿开得多美妙

来吧来吧我的好姑娘
今天就要你做我的新娘
轻轻张开爱的怀抱
幸福的日子就要来到

来吧来吧我的好姑娘
今天你就是最美的新娘

紧紧相拥爱的怀抱
我要陪你一起到老

……

天边的情人海

一朵白云落在了情人海
一缕清风在天边痴痴等待
清风有真爱白云飘过来
无拘无束的爱情自由自在

美丽的姑娘离开了情人海
英俊的小伙在海边静静等待
纯洁的爱情像天边的云彩
等到格桑花开姑娘就回来

哎……天边的情人海
你那动人的传说就是一首歌
唱醉了雪山唱美草原
唱出我心中最美的爱恋

哎……天边的情人海
一首首美丽的情歌荡漾我心怀
唱醉了太阳唱美月亮
祝福我们的爱情地久天长
……

山河美

锦绣中华

大美山河

让吾辈骄傲自豪

衷心而歌颂赞美之

——木西

蓉城印象

芙蓉花开锦官城下
千年一梦醉卧金沙
大街小巷茶馆酒吧
美食美女美景如画

杜甫诗吟浣花溪旁
武侯功德享誉四方
千古绝唱心醉琴台
客走他乡情居洛带

宽窄巷子留住柔软时光
太阳神鸟鸣惊四面八方
锦里草堂变脸人来人往
熊猫咪咪功夫盖世无双

岁月的风吹动历史的墙
老城的传说萦绕在耳旁
爱情的歌唱进婚姻的房
年轻的故事烦恼在心上

偶然坠红尘
留恋于蓉城
笑谈古今事
已忘踏归程

这是一座城
这就是蓉城
来了不想走
还想留一程

川剧元素（噢，哈哈哈哈……）
来了不想走
还想留一程
……

    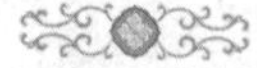

我已爱上丽江

时光静静不愿流淌
停泊在那纯净的丽江
一个放牧心情的天堂
一个放飞浪漫的地方

纳西古乐轻轻奏响
带我走进悠远的幻想
一个民谣回荡的地方
一个歌曲世界的海洋

我已爱上这里
不再彷徨

我已爱上丽江
带来一个梦想
享受柔软时光
沐浴一米阳光

我已爱上丽江
把梦留在天堂

把爱写在古墙
把情带回故乡

我已爱上丽江
让心自由飞翔
走进山的胸膛
抚摸天的脸庞

我已爱上丽江
雪山闪耀金光
古城依旧芬芳
岁月悠悠漫长

岁月悠悠漫长
……

梦中的泸沽湖

翻过一座座一座座大山
来到一方一方世外桃源
那里的人们自在悠闲
蓝天和白云落在那湖里面

唱起一首首一首首歌谣
想起一位一位摩梭姑娘
大大的眼睛心地善良
美丽的笑容在湖面上荡漾

泸沽湖梦中的泸沽湖
让我躺在你的怀里
轻轻把歌唱
唤醒那浪漫的幸福
山高水也长

泸沽湖梦中的泸沽湖
我愿化作一滴泪珠
落进你眼里
从此和你相偎相依
永远不分离

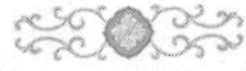

从此和你相偎相依

永远不分离

……

大禹王

前奏：悲壮高亢的羌族山歌……

你从绵绵的群山中一路走来
金戈铁马的悲歌散落在关外
西夏王朝的辉煌激荡心海
尔玛子孙的士气依旧澎湃

你在滚滚的江河中洒满大爱
千古绝唱的传说飘荡在天外
西羌部落的情歌动人心怀
羌山儿女的明天辉煌精彩

噢……噢……大禹王
噢……噢……坚强尔玛人
只要蓝天羌山还在
羊群就会护佑
云朵上的羌寨

噢……噢……大禹王
噢……噢……勇敢尔玛人
羊角花儿依然盛开

羊皮鼓声响彻

响彻云天外

云天外……

我在青神等你

相约了那么久
你说要牵我的手
一起在竹林间漫步游走
走到唤鱼池边许下誓言
今生今世相爱白首永不变

等了你那么久
月亮也不愿意走
落在了岷江里痴痴等候
中岩寺的钟声惊醒红尘
千年万年等你等你来青神

我在青神在青神等你
有许多心里的话儿
想要悄悄告诉你
三苏郎的故事浪漫美丽

我在青神在青神等你
有许多动人的歌儿
想要轻轻唱给你
青衣神的传说古今传奇

青衣神的传说古今传奇

我在青神等你青神等你

等你……

创作简介：

美丽的青神县，作为蜀王蚕丛故里，南方丝绸路，东坡初恋地，竹编之乡，椪柑之乡，具有厚重的历史文化底蕴和美丽的人文自然景观，创作文化旅游音乐作品《我在青神等你》，采用现代流行音乐方式，以人的情感为主线，将青神主要人文历史元素十分自然地融入其中，突破传统的就景点而写景点呆板僵硬的老套路，以轻松流畅的叙述方式让受众随美妙的歌声走进青神，作品轻快悠扬，由本土歌手演绎会更具情怀，结合拍摄音乐电视随作品的流行传唱和推广宣传，必将推动青神的文化旅游进入更加广泛的领域，许多朋友会走进青神来感受和体验不一样的美丽，因为我在青神等你……

微笑成都

千年灿烂文化源远流长
天府之国美名享誉四方
太阳神鸟展翅高高飞翔
古蜀王国解开千年梦想

芙蓉花开香飘四面八方
银杏叶黄秋色轻舞飞扬
草堂诗歌传诵千古绝唱
宽窄巷子文人来来往往

春熙路小伙儿美女多俊靓
府南河的河水也清清凉凉
武侯祠三国文化就在身边
青羊宫道教圣地天圆地方

R&B
微笑成都欢迎你
来到成都你不想走
好吃好住好看好好玩
熊猫咪咪多可爱
锦里特色一条街

龙泉桃花朵朵开
古镇风景很独特
川剧变脸还吐火
成都成都梦想之都
成都成都微笑成都

微笑成都成都微笑
来过的人都说这里很好
想吃的美味都能吃到
想看的美景也能看到
相见的美女都能见到

微笑成都成都微笑
田园化城市感觉真好
夏无酷暑冬无寒
四季舒适天地宽

微笑成都成都微笑
每个人脸上都露出微笑
每个人心里都装有微笑

创作简介：

成都，一座来了就不想离开的城市。独特的魅力已经深入到川内外甚至海内外人们的心中，从很多人都喜欢到成都来旅游，发展为喜欢来成都定居创业，

这座梦想之都正在悄悄张开华丽的翅膀，向国际现代田园化都市迈进。

创作《微笑成都》歌曲，目的是想让热爱成都的人们都展开友善的微笑迎接天下的客人，用微笑来构建更加和谐的都市氛围，如果各行各业都微笑服务，每一个人都微笑相待，相信成都这座来了就不想离开的城市定会在微笑中绽放更加精彩的无限魅力……

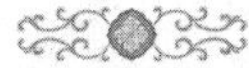

又见北川美

——北川县文化旅游主题歌

高高的山啦长长的水
我们约好在北川相会
唱不完的歌跳不完的舞
羌家儿女多么幸福

蓝蓝的天啦白白的云
我们在北川把梦追寻
一张张笑脸一排排新房
美丽的家园美丽的姑娘

又见北川美
北川的山水美
山连着山来水连着水
山山水水让人陶醉

又见北川美
北川的人儿美
心连着心来手牵着手
相亲相爱幸福相随
相亲相爱幸福相随

岷　江

前奏：浑厚的声音，犹如壮士出征时的豪迈。和声……

你从巍巍的雪山走来
怀着对大地深深的挚爱
一路风雨坎坷啊痴心不改
要用满腔的热血让大地鲜花盛开

你向茫茫的远方奔流
留下对故乡浓浓的真情
一路相依相偎啊从未远走
要用母亲的柔情让儿女不再忧愁

啊……岷江
我的母亲河
我要为你唱一首
最美的赞歌

啊……母亲河
我的岷江
满怀深情和希望

你走向远方
满怀深情和希望
你走向远方……

阆中情缘

引子：以古琴或是古筝演奏引入……

人间浓浓的醋香
带我走进一个美丽的地方
传说这里是阆苑仙境
还说这里是风水宝地

张飞香香的牛肉
让我遇见一群真诚的朋友
他们就是巴人的后代
他们拥有天地的胸怀

朋友深深的情谊
让我感受一段千年的传奇
嘉陵江绵延三百里
阆中古城绽放无限魅力

啊……
风在吹拂
吹拂了千年
吹拂万万年

   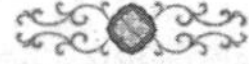 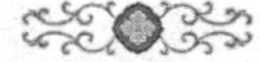

啊……

水在流淌

流淌了千年

流淌万万年

……

创作简介：

谨以此拙作送给阆中的朋友，祝福汶川南充两地的情谊犹如阆中的风水文化一般天长地久，千年万年……若有机会期待将此作品唱响流传两地情缘……

老榕树

——邛崃平乐古镇文化旅游歌曲

走在茶马古道
听听古老的歌谣
歌谣啊传唱着
爱情的美好

站在南丝路上
抚摸千年的霓裳
霓裳啊飘舞着
文明的辉煌

游在白沫江畔
走进江水的梦幻
一江啊分三水
水能映长天

坐在老榕树下
品品清香的老茶
茶香啊浪漫着
凤求凰的神话
……

    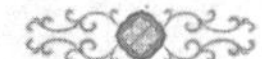

老榕树啊
千年的老榕树
你在守护啊
一条丝绸铺成的路

老榕树啊
多情的老榕树
你在等候啊
一份痴情不老的爱

你在等候啊
一份不老
痴情不老的爱
……

天彭牡丹美天下

天府之北秀丽山河
千年的文明天地人和
江水清清从这里流过
彭人击鼓的精神世代传说

天彭牡丹万般娇艳
百花的世界最为壮观
牡丹故乡盛名扬四方
天彭牡丹的芳华醉了天下

啊天彭牡丹天下美
百花之王美天下
唱不完的情说不完的爱
最美的花儿为你盛开

啊天彭牡丹天下美
天姿国色美天下
看不够的景赏不完的花
牡丹的歌儿唱响中华
……

爱上黄龙溪

——天府古镇·唱响世界主题曲

（1）

记得许多年前我来到了四川
下了飞机就看见一张张笑脸
还有美丽的姑娘为我推荐
说文艺青年适合去古镇转一转

来到了千年古镇黄龙溪
古色古香古韵多美丽
还有古镇的姑娘大方又漂亮
不知不觉走进了我的心房

我已爱上四川
爱上黄龙溪
悠闲自得的日子
巴适又安逸

我已爱上四川
爱上黄龙溪
巴山蜀水的风光

噢天下数第一

（2）

过了许多年后我留在了四川
走进古镇就想起姑娘的笑脸
还有美丽的四川让我点赞
有好山好水好地方还有好姑娘

住在那千年古镇黄龙溪
古街古树古庙古民居
还有古镇的人们好客又热情
相亲相爱成为了我的家人

我已爱上四川
爱上黄龙溪
悠闲自得的日子
巴适又安逸

我已爱上四川
爱上黄龙溪
巴山蜀水的风光
噢天下数第一
……

又见安龙春海棠

春天来了花儿开了
青城山下安龙镇上
花团锦簇人来人往

姑娘来了小伙笑了
都江堰边相思河畔
鸟语花香情歌欢唱

又见安龙春海棠
春风和畅幸福流淌
看看水望望山
晒晒太阳多逍遥

又见安龙春海棠
春光灿烂花海荡漾
品品茶赏赏花
念念乡愁多潇洒

品品茶赏赏花念念乡愁多潇洒……

注：此歌为都江堰安龙镇海棠节而作。

彭人的脊梁

千年的时光随白水河流淌
流过了山岗孕育了梦想
把那万亩良田
变成绿色的家园

彭人的脊梁像九峰山一样
巍然屹立在巴蜀大地上
不屈不挠勇担当
美名传四方

啊彭人的脊梁
用不尽的力量
开创未来乘风破浪
走向富强

啊彭人的脊梁
钢铁般的坚强
奋勇向前实现梦想
走向辉煌

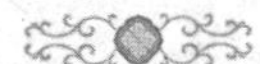

奋勇向前实现梦想

走向辉煌

辉煌……

一堰一山醉人间

——都江堰青城山文化主题歌

童谣诵读灌县古诗词……

A1

每当春天春色满园
我就想起了美丽的都江堰
捧一波绿水拜一拜都江堰
李冰治水功德高千秋万代传

每当夏天夏日炎炎
我就想起了幽幽的青城山
点一炷道香问一问青城山
人间风雨情未了道法源自然

A2

每当秋天秋水映长天
我就想起了金色的都江堰
古城银杏叶醉美了都江堰
岷江两岸好休闲朋友笑开颜

每当冬天瑞雪兆丰年
我就想起了高高的青城山
漫天雪绒花落在了青城山
满山遍野如梦幻游人乐欢天

B

拜水都江堰
问道青城山
一堰一山醉人间
熊猫的家园快乐的人间

拜水都江堰
问道青城山
一堰一山醉人间
熊猫的家园幸福的人间
……

注：此歌与都江堰作家刘刚老师合作，为都江堰青城山文化旅游而创作。

我登上了北京天安门

在我很小很小的时候很小的时候
北京天安门就在心头就在我心头
每天幻想有一天能够登上大城楼
看看祖国的首都要把歌儿唱个够

在我慢慢长大的日子长大的日子
北京天安门就在心里就在我心里
每天告诉我自己为梦想加油努力
想想祖国和人民要牵手不离不弃

呀啦嗦啊呀啦嗦
我登上了北京天安门
看见了中国龙的传人
神奇美丽的千年皇城
点亮了复兴的东方神灯

呀啦嗦啊呀啦嗦
我登上了北京天安门
我骄傲我是龙的传人
华夏民族的千年梦想
炎黄子孙点亮未来希望

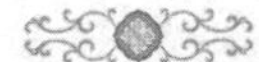    

华夏民族的千年梦想

炎黄子孙点亮未来希望

希望……

阳光小少年

小鸟在树林里叽叽喳喳
小溪在山谷里哗哗啦啦
有一个小少年就像格桑花
快快乐乐生活在蓝天白云下

小草在阳光里迎风微笑
小羊在草原上蹦蹦跳跳
有一个小少年快乐地长大
无忧无虑歌唱在妈妈的怀抱

阳光小少年快乐的少年
红红的小脸蛋笑容甜甜
心中有梦想快乐地长大
要把最美的歌儿唱给妈妈

要把最美的歌儿唱给妈妈……

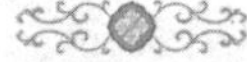

说走就走吧

生命轮回无边
从天真的童年走到暮年
从一个终点又回到起点
一生就是黑夜白天

生活悲欢离合
苦乐都是人生的一首歌
歌唱春夏秋冬花开花落
日子就是生活生活

说走就走吧世界那么大
走到那唐古拉登上珠穆朗玛
站在世界最高峰
喊出我爱你啊

说走就走吧有什么放不下
走到那海之角走到那天之涯
面朝大海说一声
春暖花开啦

说走就走吧
说走就走吧

说走就走吧
说走就走吧
说走就走
……

坚　持

梦想的种子在我心里发芽
曲曲折折走过了春秋冬夏
漫长的道路经历疼痛挣扎
曾经想过放弃远走天涯

有个声音在我耳畔一直说话
坚持啊孩子你不能放弃啊
如果累了你就回家
那是妈妈那是妈妈在对我说话

梦想的种子在我心里开花
跌跌撞撞遭受了风吹雨打
无情的评说让我心乱如麻
反复想过算了就此放下

有个声音在我耳畔一直说话
坚持啊兄弟你不能放弃啊
如果伤了就找我吧
那是朋友那是朋友在对我说话

也许还要走过黑夜漫长的路
也许还要受尽人间冷漠的苦
我还是要告诉自己
坚持坚持坚持绝不认输

也许得不到一丝关怀的祝福
也许找不到一间温暖的小屋
我还是要告诉自己
坚持坚持坚持绝不认输

我还是要告诉自己
坚持坚持坚持绝不认输

谢谢您的牵挂

——汶川献给总书记的歌

作词：木西

作曲：谭海燕　谭晓燕

演唱：汶川一小合唱团

还记得那一年
您来到汶川
那温暖的话语留在了
留在了我们心间哟

忘不了这一天
您又到汶川
把深深的牵挂带到了
带到了我们身边哟

敬爱的总书记
汶川谢谢您
谢谢您的牵挂
谢谢您的牵挂
您的牵挂哟

纳啧纳纳哩吔
纳莫由西哩吔
让爱的种子在羌山上
生根发芽生根发芽吔

敬爱的总书记
汶川谢谢您
谢谢您的牵挂
谢谢您的牵挂
您的牵挂哟

纳啧纳纳哩吔
纳莫由西哩吔
让爱的梦想在羌山上
幸福开花幸福开花吔

让爱的梦想在羌山上
幸福开花幸福开花吔
……

2018.3.5.凌晨

创作简介：

当时间的步伐跨进2018年，对于汶川而言，这是一个具有特殊意义的年头，刚好是“5·12”大地震十

周年。

十年光阴，转瞬即逝，汶川涅槃重生，走进新时代。就在2018年春天即将到来的时候，中共中央总书记习近平亲临汶川，走进映秀，看望慰问汶川人民群众。

2018年2月12日是一个值得纪念的日子，是汶川载入史册的时刻，总书记在映秀镇亲切看望慰问映秀的父老乡亲，并走进群众家里和群众一起炸酥肉、磨豆花、打酥油茶……

总书记匆忙的脚步在映秀短暂的停留，却给汶川留下了永恒的记忆，那温暖人心的话语，犹如一股暖流在汶川大地上流淌……“汶川是我十分牵挂的地方”，“我很牵挂汶川，十年了，这里的变化我也很欣慰”……

这质朴温暖的话语是一种力量，激励汶川人民不忘初心继续前进，将汶川建设的得更加美丽，让人民满意，让总书记放心……

所有的这一切激荡着汶川文艺青年木西创作的冲动，十年来怀着对汶川这片土地深深的热爱，笔耕不缀，在这值得记载的特殊历史时刻，木西把所有汶川人民心中的情感表达出来，向总书记说一声谢谢，向全国人民说一声谢谢，谢谢您的牵挂……

2018.3.5

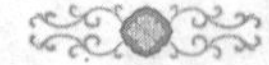

后 记

十年，人生旅途一段不短的路程，却在不经意间一晃而过，印证了一句非常经典的话“光阴似箭，岁月如梭”，的确如此，当我们一转身回首的时候，十年光阴已经一去不复返，岁月留下的是那些闪光的记忆，让人依稀能够看见来时路上留下的脚印。

我从学校毕业参加工作就在汶川，如今已有十九年，却有十年的岁月是从一个新的起点开始计算。2008年5月12日14时28分，一个记入史册的时间，一个永远定格在人们记忆深处的时间。一场震惊世界的地震灾难在汶川映秀爆发，震动全世界，这是新中国成立以来遭遇最为惨痛的自然灾难，多少的生命瞬间消失，多少的伤痛刻骨铭心。

我在汶川亲身经历了灾难的爆发，经历了死里逃生，经历了绝路逢生，见证了灾后重建，见证了汶川崛起。那段艰苦的岁月让我重新认识生命，重新开启另外一种生活模式，理解活着就是幸福的深刻含义。

我自幼喜欢文字，能够从一个个可爱的文字里找到快乐，能够把可爱的文字随意组合成为千变万化的语句，2008年以前我喜欢写诗歌、散文、小说，2008年5月12日以后，我突然有一种前所未有的冲动，想让那些文字发出声音，去呼唤，去呐喊，去加油，去大声地释放……于是开始了歌词的创作，因为有了歌词，配上旋律，加上歌手演唱，文字就可以发出声音了。

当第一首歌词作品《爱在汶川》由好兄弟文杰、小白和朱小弟我们几个汶川文艺青年几经折腾唱出来的时候，我看到人们听见歌曲后的感动和触动，因为当时身处灾区，作品有感而发引起共鸣，歌里唱道“一次次抬头仰望，看见希望的阳光，一次次走进梦想，大爱真情在飞翔……”鼓励了人们在极度困境中坚守生命的希望，因为有祖国温暖的怀抱给予了灾区人民无尽的关爱，有全社会无私的援助，真情的大爱在人间飞翔，我们一定会战胜灾难，迎来新生……

此后，对于歌词的创作犹如喜好美食一般而一发不可收拾，虽然缺少专业的水准，但就是毫无理由地去热爱，尤其是对于涉及灾难地震方面的，灵感自然而然由心底流淌出来，忍不住想去创作，想去为灾区的人们送上精神的支撑和鼓励。后来朋友们开玩笑说成是灾难词作家，我也好好回顾和总结了一下，也许是那场灾难对我的触动太大了，我亲历了灾难中那人性的善良和真情让人们泪流满面，流淌在人们血液里的真善美在那场灾难中彻底宣泄出来，2008年5月12日是一次地震的爆发，也是中国人一次极致的情感爆发，在人类文明史上足以浓墨重彩记下一笔，至少我是这样认为的。

对于歌词的创作，我依然是一个小学生，很多时候只是情不自禁地想要把文字组合成为一句句简单而温暖的话语，自己可以很流畅地按自己的方式唱出来，然后给真正的音乐人作曲的老师来再次创作。这十年来的创作路上，我要深深感谢一路同行的小伙伴们，不断地给予我鼓励和支持，让我在风雨路上去追寻梦想的彩虹。尤其是一起长大的孟三表弟，他虽然不懂歌词创作，但非常善于经营，总会以经营之道发表评论，会从如何发展的方向给予许多建设性的意见。好哥们儿藏族音乐人老K和成都音乐才子辰尘，总是给予许多的创作机会来让我提高，作品《穿越喜马拉雅的爱》和《映秀花开了》是最好的诠释。还有中国藏族音乐网的创始人白玛多吉兄弟，经常一起交流关于民族音乐方面的话题，让我视野和思路不断地开阔起来，吸收更多的创作元素。还有创作初始期一起探讨摸索的好兄弟文杰、小白总是在生活上相互关心和鼓励，一起加油！

小伙伴中来自大凉山木里藏族自治县的扎西多吉兄弟实在而憨厚，却有着对音乐天才般的创作激情，每次约歌合作都是能够非常快速地投入创作，且能够虚心接受意见不厌其烦地加以修改，合作的一首《梦中的泸沽湖》就是经过数次修改而一举获得四川省音乐家协会征集活动的优秀奖。来自青海玉树的智王桑珠兄弟是一个年轻有为的音乐才子，我们合作的一首《飞蛾回家》是为一个保护青海湖而献身的诗人而作，几位青海籍歌手也以公益演唱来纪念英雄。

认识著名词作家张东辉老师和余启翔老师是我创作路上的一件非常愉快的事情，尤其是对于我这个业余学生。我从开始涉足创作就拜读和学习过他们的许多经典之作，没想到能够三生有幸而认识。张东辉老师这个和善的长辈一生坚持创作，他许多脍炙人口的歌曲可以说是一种文化财富，分享给大家。虽然荣获大奖无数，但为人低调而谦和，作为学生能够有此师者当属幸运，老师总是在关键的时候给予我提醒和点拨，并且不失时机介绍我参加出席文化交流活动去认识一些德高望重的老师，让我深刻地去理解创作的初衷和本源，那就是要真情实感，脚踏实地，从生活中去寻求有根的创作素材，作品才会具有深度和厚度。

像兄长一般的余启翔老师温和而风趣，我们一起在西藏采风半月，同居数日，交流中获取不少创作的知识，印象非常深刻的是他说他创作不败的绝招就是善用月亮和女孩。的确，余启翔老师把月亮和女孩写活了，他的许多作品只要有月亮和女孩都会非常的出彩。在这里我只能说，厉害了，我的哥。

我工作和生活在汶川，许多作品来自于这片土地，因为这里的风，这里的阳光，这里的花草，这里的山山水水，还有这里的人，都是那么的真实和美丽，与花儿姐妹谭海燕、谭晓燕老师合作的许多作品都源自汶川这片温暖的大地，尤其《清风吹来》唱出了汶川人的坚强与豪迈。

这里还有许多合作的优秀老师、朋友、歌手在我创作的路上都给予了无私而温暖的帮助和鼓励，让我铭记一生，这也是我前进的动力和创作的激情，让我为歌而写，为生命而歌……

那些让我膜拜的词坛泰斗老师们，一生坚持创作，创作出了数以万计优秀的作品，服务于人们的精神生活。《清风吹来——汶川十年记忆》这本略显稚嫩还不成熟的歌词集，历经千辛万苦呈现在小伙伴面前，虽然有些羞涩和胆怯，但我还是想把这个作为一个起点开始，坚持创作下去，用真情实感去创作出人们需要的精神食粮，因为我从心底热爱文字热爱写歌词，就像热爱亲人朋友，热爱生活，热爱生命一样……

在这里还要特别鸣谢中国音乐著作权协会、中国藏族音乐网、四川省音乐艺术发展促进会、56sing原创音乐基地、四川仲伯文化、成都华宇大地文化、西藏音乐产业集团、诗画四川微信公众平台、四川文艺出版社……从各方面给予大力支持与厚爱。

最后，借《清风吹来——汶川十年记忆》歌词集出版发行的机会，感谢生命中一路相伴的小伙伴们，因为有你们在一起，我是一个幸福的人，你们是木西当用一生来感恩的亲人！

在此，木西向小伙伴们抱拳鞠躬，请收下我至诚至真的祝福与感恩，谢谢你们……

木　西

2018.1.20